Betreten verboten

UWE-MICHAEL GUTZSCHHAHN

Betreten verboten

THIENEMANN

Für Penny Simms

Die Deutsche Bibliothek – CIP-Einheitsaufnahme

Gutzschhahn, Uwe-Michael;
Betreten Verboten / Uwe-Michael Gutzschhahn. –
Stuttgart; Wien: Thienemann, 1995
ISBN 3 522 16898 4

Umschlaggestaltung: Sabine Lochmann
Schrift: Garamond
Satz: KCS GmbH in Buchholz/Hamburg
Reproduktion: Repro Brüllmann in Stuttgart
Druck und Bindung: Friedrich Pustet in Regensburg

5 4 3 2 1 95 96 97 98

Come closer
You seem so far away
There's something I know you need to say
I feel your emotions
When I look in your eyes
Your silence
Whispering misunderstandings
There's so much you need to realize
You'll feel my emotions if you look in my eyes

Mariah Carey

Bericht

Es geht nicht. Ich kann diesen Bericht dem Jugendgericht nicht vorlegen. Niemals. Ich glaube nicht, daß dem Richter durch mich etwas klarwerden würde. Ich bin mir fast sicher, man würde die Aufzeichnungen, so wie ich sie niedergeschrieben habe, nicht ernst nehmen, Wort für Wort, sondern einfach nur alles ausbeuten nach greifbaren Informationen zur Sache. Das reicht nicht. Was die Fakten betrifft, gibt es ohnehin viel genauere Quellen. Ich war ja oft gar nicht dabei, wenn die Dinge geschahen. Ich weiß nur, wo ich *war und was ich gefühlt habe und immer noch fühle und daß ich auf dunkle Weise etwas mit dem, was geschehen ist, zu tun habe. Aber meine Person interessiert das Gericht bloß als jemand, der eine Tat bezeugen kann. Alles, was ich sonst noch gern aussagen würde, spielt keine Rolle.*

Aber es gibt den Bericht. Ich habe ihn über neun Monate aufgeschrieben. Doch als etwas, von dem ich beim Schreiben zu keiner Zeit wußte, wohin es führt. Zunächst ging es um eine einzige Szene, denn ich glaubte sie anders nie wieder loszuwerden, als wenn ich sie zu einer kleinen Geschichte über mich selber verwandelte und dann für immer und ewig auf der Festplatte meines PC verschwinden ließ. Damit fing alles an. Schreiben befreit, dachte ich. Man wird den Druck los, der von dem Ereignis ausgeht. Die Angst. Die Scham. Die Hilflosigkeit. Aber Irrtum. Das Geschriebene zog mich in seinen Strudel.

Die Dinge lassen sich nicht trennen. Nicht isolieren. Alles ver-

heddert sich. Aber das ist es genau, was den Bericht für das Jugendgericht so untauglich macht. Obwohl ich wirklich lange überlegt habe, ihn doch abzuliefern, damit der Richter nicht falsche Schlüsse zieht aus den einfachen Fakten. Es geht nicht. Tut mir leid.

Wenn ich mir nur die erste Szene vorstelle, wie der Richter sie liest und gar nichts begreift. Wie ich mich schäme vor seinen Augen. Und er sagt bloß: »Was hat das mit meinem Fall zu tun?«

Zombies

Ich bin weder groß noch kräftig. Wenn ich ehrlich bin, sehe ich aus wie ein bißchen zurückgeblieben. Höchstens wie dreizehn, eher wie zwölf. Schmale Schultern. Streichholzbeine. Das alles bei nicht ganz einsachtundsechzig. Bartwuchs gleich null.

Meine Mutter sagt, alles an mir ist jung und sanft. Das gefällt ihr. Aber sie ist die einzige. Manchmal fährt sie mir mit der Hand durchs Gesicht, als ob sie sich nach so einer Weichheit sehnt. Ich glaube, sie wäre froh, wenn ich noch lange so bliebe wie jetzt. Aber das wäre mein Untergang.

Auf der Schule war ich vom ersten Tag an das Baby. Irgendwie bin ich bei meiner Einschulung gerade noch knapp in den älteren Jahrgang gerutscht. Um mich herum lauter Zombies. Meine Eltern waren damals sehr stolz, daß ich schon lesen konnte. Keiner hat sie gewarnt.

Wahrscheinlich aus purem Respekt vor der sprießenden Kraft, den schweißtreibenden Muskeln meiner Mitschüler hat mein Körper beim ersten Blick auf die Klasse beschlossen, sich absolut still zu verhalten, und es bis heute verstanden, die Sache konsequent durchzuhalten. Wenn man's genau überlegt, ist das gar nicht so dumm. Geradezu subversiv gedacht. Auf keinen Fall auffallen. Wachstum nur heimlich in Mikrometern.

Aus Solidarität zu meinem, sagen wir: im verborgenen kämpfenden Körper habe auch ich von Anfang an mehr im geheimen operiert und zum Schutz von Haut und Knochen in der Öffentlichkeit standhaft die Klappe gehalten. Sich bloß nicht groß aufspielen. Meine Arme hätten für eine ernsthafte Schlägerei niemals die passende Länge gehabt. Für Zombie & Partner war es ein leichtes, mich auf Distanz zu halten – rudernde Ärmchen einer Hanswurst-Marionette. Was soll man da reden und Leute vom Gegenteil ihrer Körperkraft überzeugen? Wer etwas im Überfluß hat, will nicht lang diskutieren. Da muß man schon anders ran. Mir fehlt nur die Überzeugung, wie.

Wenn man so ist wie ich, lebt man am besten zurückgezogen. Am sichersten, dachte ich, ist es in solcher Lage zu Hause. Zum Beispiel bei mir auf dem Zimmer, und da allein. Niemandem begreiflich machen zu müssen, warum ich Zwerg diesen totalen Glücksbringer Mozart in meinem CD-Player hab. Was soll's, ich spiele ja schließlich nicht ausschließlich ihn. Um ehrlich zu sein, ist das Divertimento D-dur zur Zeit das einzige, was ich von mir aus an Klassik höre. Alles andere müßte ich blind in unserem Wohnzimmer suchen. Keine Ahnung, was was ist. Marke Gut Glück.

Nein, nein, ich bin völlig normal, wenn man von diesem leicht subversiven Körperwuchs absieht. Kein Wunderknabe, auch nicht der Eigenbrötler im Elfenbeinturm. Aber mach das mal anderen Leuten klar. Eine CD, die nicht paßt, und du bist schon enttarnt. Scheißtyp mit Ohren. So etwas spricht sich herum.

Hat sich herumgesprochen. Und nichts war's mehr mit dem lächerlichen *my home is my castle*. Stimmt sowieso nicht. Aber diesmal hat meine Mutter das Schloß zerstört. Tor und Tür hat sie geöffnet, um jemanden aus dem Geschichtskurs ins Haus zu lassen. Kommt ja sonst keiner. Früher mal Sylvie, weil sie seit Sandkastentagen hier ein- und ausging. Aber das war einmal. Inzwischen wohn ich mit meiner Mutter in einem *verwunschenen* Schloß. Bloß braucht es bei mir keinen Prinzen, wenn schon, dann eine Prinzessin, mich groß zu küssen. Aber vielleicht steht meine Mutter auf Prinzen, seitdem sie ohne ist. Jedenfalls war der, den sie reinließ, der falsche. Karnevalsprinz von vereinten Gnaden.

Tom tritt ins Zimmer und sieht mich im Schneidersitz, Kopfhörer über den Ohren. Ich seh ihn nicht. Was ich wohl höre? Er reißt das Kopfhörerkabel mit kurzem Griff aus der Anlage. Plötzlich ist eine Leere in meinem Schädel, die sich nicht füllen läßt. Alles sackt in sich zusammen. Außerhalb der Kopfhörermuscheln, scheint es, rast Mozart panisch durchs Zimmer. Doch ich hab keine Verbindung zu ihm. Erst als ich die Stoptaste drücke, kommt er zur Ruhe. Aber da ist es zu spät. Wie ich den Kopfhörer abnehme, grinst Tom erst die CD-Box zwischen meinen Beinen an, dann mein verwirrtes Gesicht. Danach knallt er mir ein Buch in den Schoß, wofür er gekommen ist – Auftrag des Lehrers, denn ich bin krank –, und er geht. Die ganze Szene dauert kaum länger als eine Minute und hält eine Ewigkeit an.

Als ich nicht weiter zu Hause bleiben kann, weil unser Hausarzt nicht sieht, daß ich noch immer ganz blaß im Gesicht bin, passiert, was ich die ganzen Tage seit dem Ereignis befürchtet habe. Tom und Jan schnappen mich nach der Schule. Lars ist ihr Oberzombie. Der hat sie geschickt. Alle tun, was er sagt. Er macht sich die Finger nicht schmutzig. Steht nur dabei. Kommandiert. Überwacht seine Truppe. Jede Nachricht geht erst an ihn. Vorkauer Lars. Der Mann mit dem Stahlgesicht. Kaltwalze, die jedes Stück Blech, das er denkt, in die Länge und Breite preßt: scheppernder Flatschen Unendlichkeit, dem du nie mehr entkommst. Mr. Bomberjacke mit Kahlschlagkopf.

Die ganze männliche Zombie-Versammlung hat er zusammengetrommelt. Jeder, der nicht auffallen will, kommt gespurtet. Sonst scheppert's, und zwar gefährlich in Ewigkeit. Amen.

Zombie 1 (Tom) und Zombie 2 (Jan) haben meine Arme rücklings um meinen Körper gequetscht. Während sie mich abführen, kann ich versuchen, ob ich vor ihrer Generaluntersuchung noch meinen Bauchnabel sauber krieg, den das gespannte T-Shirt über dem Hosenbund freigibt. Es fehlen den Fingern nur Zentimeter. Aber die Arme knacken wie morsches Holz.

So stoßen die beiden Zombies mich in den Neubau neben dem Kaiser-Wilhelm-Trakt unserer Monster-Verwahranstalt. Die schöne Ruine kommt in die Jahre und steht nutzlos rum. Schnellbauweise im Einheitsstil. Alles vorgefertigt, nur nicht der Abriß mit eingeplant. *Werch ein Illtum.* An der Rückseite hat es zur Bauzeit den Boden weggeschwemmt. Schule im Schwebezustand. Alles hängt schief. Einsturzgefahr wegen fehlenden Unterbaus, obwohl der Kasten von außen fast fertig wirkt. System-Schulhaus für den modernen Betonkopf. Betreten verboten! Eltern haften für die Matschbirnen ihrer Kinder!

Wenn jetzt der Boden noch mal genauso nachgibt wie damals vor einem Jahr, verschwinde ich in den Untergrund, und zwar endgültig, sag ich mir, als wir den Kasten durchqueren. Subversiver geht's nicht. Unsichtbarer kann ich nicht werden. Schade, daß ich mich gerade nicht kitzeln kann. Sonst würde ich dreimal laut lachen.

Die Ruine steht auf abschüssigem Gelände. Wenn man auf der einen Seite im Erdgeschoß reingeht und läuft durch den Hohlklotz zum anderen Ende, guckt man dort plötzlich ein Stockwerk tiefer. Unten blinken die Reste der Fensterscheiben, in denen einst alle frustrierten Schüler so was wie Pappkameraden gespiegelt sahen – Schwarzsilhouetten im Lehrerformat.

»Loslassen!« kommandiert Vorkauer Lars, als wir am Ende des Neubautrakts angelangt sind, wo sich die Monster im Halbkreis versammelt haben wie zur Belastungsprobe des Bodens.

Zombie 1 und 2 werden brav wie Lämmer, was meine schmerzenden Arme freut.

Lars zeigt sein stählernes Grinsen.

»Hose runter!« brüllt er plötzlich, obwohl die Akustik in Stahlbeton einen perfekten Hall gibt.

Ich bin unschlüssig, wer gemeint ist. Aber schon macht es zipp. Zombie 2 hat sich an mir vergriffen, reißt mir den Reißverschluß auf, dann den Gürtel und schließlich die Hose herunter bis auf die Knie. Zombie 1 hält mich fürsorglich in festem Griff, daß ich schön gerade stehen kann und nicht über die modische Beinfessel stürze.

Ich selber verhalte mich vorschriftsmäßig subversiv, störe Jan nicht bei dem, was er tut, sondern halte ganz still, tu so, als wär ich der liebe, kleine Junge.

Dann seh ich Sylvie zwischen den Monstern. Nicht daß sie sich irgendwie hervortut. Sie steht ganz hinten, als gehörte sie nicht dazu. Aber ich sehe sie trotzdem. Ihre langen Haare fallen zwischen den Kurzhaarköpfen der Jungen auf. Außerdem ist das Blond fest in meinem Gehirn gespeichert. Ich erkenn ihre Haare sofort.

Nur: Wieso wird mir, jetzt wo ich sie sehe, mit einem Schlag übel? Vor Sylvie muß ich mich nackt doch nicht schämen. Immerhin haben wir schon als Fünfjährige zusammen Doktor gespielt und uns dabei auch jedesmal ausgezogen. Ich ihre Vagina untersucht. Sie an meinen Hoden herumgeklunkert. Sylvies Eltern waren für Aufklärung. Also ist das, was Sylvie jetzt sieht, doch nichts Neues.

Trotzdem zuck ich zur Seite, als könnte ich mein Glied vor ihr verbergen. Ich will nicht, daß sie mich so sieht. Ich will nicht, daß irgendwer sonst mich so sieht. Mädchen oder Junge ist mir egal. Hier sind, außer Sylvie, nur Jungen. Ich will nicht nackt vor ihnen stehen.

Ich strample mit meinen Beinen, als Zombie 2 mir die Pampers vom Hintern reißt. Schöne Scheiße, Sylvie. Ich muß. Guck weg, bitte. Alle Monster auch ganz schnell weggucken. Kommt, macht schon. Ich halt das nicht aus.

»Los, Mozart«, schreit Lars mitten in meine Scham. »Geig dir einen!«

Zombie 1 legt mir meine linke Hand aufs Glied, drückt sie zusammen und schiebt sie vor und zurück. Schlaumeier, weshalb nimmt er die linke? Ich *bin* Linkshänder, aber wieso macht er sich darum Gedanken?

»Na los, geigen!« brüllt der Oberzombie und stößt seine Hand hin und her, wie er meint, daß ein Geiger den Bogen führt. »Wird's bald? Beeil dich! Mozart, der Wunderknabe, hat schon als Kleinkind vor anderen Leuten gegeigt!«

Die Monster kichern.

Zombie 1 schiebt nicht mehr. Aber in Panik bewegt meine Hand sich auch ohne ihn weiter. Ich will nicht. Alle Finger sind steif.

Und da drüben steht Sylvie. Stehen die andern. Und sehen mir zu.

Endlich! Endlich hört die Bewegung auf.

»Warum machst du nicht weiter, Mozart?«

Die Monster skandieren.

»Willst du nicht, oder kannst du nicht, du Arsch?« fragt Lars, als sich seine Monster-Vasallen wieder beruhigt haben. Seine Stimme ist leiser als vorher. Aber das heißt nur, daß er was anderes ausheckt.

»Wenn du nicht weitermachst, schick ich dich übern Balkon!« Er weist hinter den Halbkreis der Monster, dahin, wo die Ruine zu Ende ist und die Gegend für meine Augen Landunter spielt. Was ich erspähen kann, ist nichts als die graue Wolkensuppe des Tages.

»Garantiert scharfe Landung«, grinst Vorkauer Lars, und die Monster prusten. Sylvie auch?

Nur eine Zombiehand könnte an mir was bewegen. Ich bin steif. Der Penis ist hart und schmerzt wie die Arme. Ich stehe minutenlang da, mit nacktem Unterleib.

Dann gibt Graf Zombie Kommando. Seine Vasallen reißen mich hoch, zerren die Schuhe von meinen Füßen, dann meine doppelten Fesseln, damit ich gut laufen kann. Ruckzuck das Ganze. Ehe ich weiß, was ich tun soll, schieben sie mich auf den Monsterrachen der Zombie-Claqueure am Ende der etwas nach unten geneigten Betondecke zu.

»Paß auf, daß du dir nichts abschneidest da unten!« grinst Lars, als mich Tom und Jan an ihrem Meister vorbeischieben. »Wir können ja morgen mal nachsehen!«

Schon wieder das Grinsen.

Dann öffnet sich plötzlich der Schlund. Ungefähr da, wo Sylvie am Abgrund gestanden hat. Auf einmal steht niemand mehr da. Sylvie ist nicht zu sehen. Wieso ist Sylvie eigentlich unter den Jungen?

Ich weiß nicht mehr, ob ich die Frage erst dachte, als ich schon flog. Unten angekommen, gab's jedenfalls reichlich Blut zum Mittag. Immerhin etwas Warmes in diesem lausigen Grau, das der Tag als Herbstbrühe bereithielt. Abgestandene Mehlsuppe, im Topf zur Pampe erstarrt. Wenn ich je Hunger auf diesen Tag gehabt haben sollte, er war mir gründlich vergangen.

Anders gesagt: Mir war hundeübel. Ich leckte zögernd meine Wunden. Am schlimmsten waren Handflächen, Kniescheiben, Fußsohlen lädiert. Den Rest hatte ich einigermaßen abfedern können. Aber um ganz ohne Blessuren niederzukommen, hätte ich Luftkissen gebraucht. Ich fürchte jedoch, so nackt, wie sie mich untenrum auf die Reise geschickt hatten, wär jede Hoffnung auf derart gehobenen Pampers-Luxus vergebens gewesen.

Wenn man bedenkt, daß der Himmel an diesem Tag alle Sonnenstrahlen für sich behielt, um über den Wolken den versammelten Schutzengeln urbi et orbi neu einzuheizen für den fraglichen Fall, daß ein weiterer Schutzbefohlener im Sturzflug zu Boden ging; wenn man außerdem bedenkt, daß mein Engel aus diesen Gründen gerade keine Zeit hatte, meinen geröteten Unterleib zwischen seine Fittiche zu nehmen, dann war ich für einen längeren Aufenthalt in der feuchtkalten Luft allzu sommerlich an- oder ausgezogen.

Während ich also fror und vergeblich auf meinen geliebten Schutzengel wartete, daß er mir sagte, wie ich ungeschützt durch die Stadt kommen sollte, sah ich in hunderttausend Gesichtern, die mir die Vorstellung für meinen Heimweg zutrieb, immer nur Sylvie, Sylvie und noch mal sie. Sylvie zeigte mit Fingern auf mich und alarmierte die Polizei, die mich festnahm und in die bullige Hitze ihrer Minna stieß. Im Protokoll, das mir die Grünen vorlegten, las ich wieder und wieder das schamlose Wort *Exhibitionist.*

Ich verkroch mich auf allen vieren ins Untergeschoß jener baulichen Fehlleistung, die mir im Augenblick als einzige den Rücken stärkte und Vertrauen schenkte in ihre Schutzfunktion. Betreten verboten war plötzlich mein Lieblingsgedanke. In diesem Gemäuer war ich vor bösen Blicken geschützt.

Aber die Ruhe hielt nicht lange an. Denn die Kälte ließ mich wie einen wildgewordenen Stier Stockwerk für Stockwerk durch den Einsturzbau jagen, weil ich glaubte, die Zombies hätten doch menschliche Züge bewiesen, indem sie Hose und Schuhe versteckten, nicht aber leibhaftig entführten. Ich suchte jeden Winkel zwanzigmal ab, betrat auch in meiner Verzweiflung die absolute Gefahrenzone, dort wo die Bodendecke in leichter Krümmung nach unten wies und zwischen den Plattenwänden schmale und breitere Spalten klafften. Ich schaute in allen Hohlräumen nach meiner Hose und wankte dann weiter. Jeder Schritt, den ich ängstlich auf die Bodendecke setzte, war ein stampfender Hufschlag in meinem Hirn.

Die Zombies waren, wie Zombies sind.

Aller Hoffnung beraubt, sackte ich in mich zusammen. Gesplitterte Stein- und Kiesreste stachen mir in die Haut, als mein Hintern den kalten Boden berührte. Hilflos nahm ich mein Schicksal an. Entweder würde ich eben erfrieren, oder der Neubau hatte Erbarmen mit mir und begrub mich unter dem Schwergewicht seines Leibs.

Schöner Gedanke, dem es sich lohnte, Vorschub zu leisten. Also stand ich noch einmal auf, um mit stampfenden Füßen herumzulaufen in der seligen Hoffnung, das ganze Elendsgebäude würde von den Erschütterungen zusammenkrachen. Mein vor Kälte steifes Gesäß ließ eine andere Gangart auch gar nicht zu. Ich nahm nichts mehr wahr. Meine Füße stampften den Pulsschlag der Ewigkeit in Beton. Ich merkte es nicht. Rannte nur auf und ab und vergaß, weshalb. Wahrscheinlich war ich von Sinnen.

Wenn es so weit ist mit einem, sieht man Fata Morganen. Meine hatte natürlich Sylvies Gestalt, und sie stand plötzlich mit seltsam bekannt-blonden Haaren, die mir entgegenleuchteten, in einem Durchgang und sah mich an. Ich rannte weiter, besessen vom Ewigkeitstrieb, der inzwischen in meinen Adern schwelte und versprach, mich endlich von der Kälte in meinem Unterleib zu befreien.

Fata Morganen bleiben gewöhnlich am Horizont und entziehen sich, wenn man nach ihnen greift. Diese stellte sich plötzlich in meinen Weg, und es gelang mir nicht auszuweichen. Ich prallte gedankenverloren frontal gegen sie.

»He, hast du mich nicht gesehen?« fragte die Fata Morgana mit täuschend echter Sylvie-Stimme.

»Was willst du?« antwortete ich.

»Ich dachte, du könntest vielleicht eine Hose gebrauchen. Oder wie willst du sonst von hier nach Hause kommen? Ist dir nicht kalt?«

Die Fata Morgana sprach zu mir wie aus dem Off. Ungefähr so, wie ich mir vorstelle, daß im Film eine Märchenfee redet. Jedenfalls kam ihre Stimme für mich mehr aus dem Raum als aus dem Mund ihres Sylvie-gleichen Gesichts. Ich wartete darauf, daß sie mir als nächstes Siebenmeilenstiefel versprach.

»Zum Barfußgehen ist die Jahreszeit auch nicht angetan. Hier sind Boots. Komm, zieh sie an.«

Ich stand da und bewegte mich nicht. Sie hielt mir Hose und Boots entgegen, aber ich nahm sie nicht. Ich begriff einfach nicht, daß die Dinge, die sie mir reichte, aus üblichem Jeansstoff und echtem Leder waren. Für mich waren sie Luft. Ausgeburt einer vagen Erinnerung an das Vermögen der Zeit, vergänglich zu sein. Ich begriff nicht, daß meine Zeit ohne Hose und Schuhe wirklich zu Ende war. Unmöglich, mir vorzustellen, daß ich die Zeit der nackten Scham mit einem Griff beenden konnte. Ich stand mit unverhülltem Glied vor einer weiblichen Gestalt, die Sylvie glich.

»Na los, nimm schon«, sagte sie und schlenkerte mit dem, was sie in ihren ausgestreckten Händen hielt.

Erstaunt sah ich der Bewegung von Hose und Schuhen zu, ohne zu merken, daß das, was ich sah, Hose und Schuhe waren.

»Kannst beruhigt sein. Sind von keinem der Jungen aus unserer Schule. Hab sie woanders her«, fuhr sie fort und drückte zu guter Letzt die Kleidungsstücke in meine Hände.

Endlich fühlte ich, daß die Dinge doch nicht aus Luft waren. Und ich erwachte.

»Was machst *du* hier?« fragte ich Sylvie entsetzt.

Der Satz muß sie verwundert haben, denn sie fragte: »Ist dir nicht gut?« und sah mich prüfend an. Eh sie mich weiter ins Auge faßte, hielt ich vorsichtshalber alles, was sich in meinen Händen befand, vor die entblößte Scham.

Sylvie sah es und lachte.

»Hast du dir was getan?«

Ich schüttelte den Kopf.

»Zeig lieber mal her.«

»Willst du wieder Doktor spielen wie früher?«

Sie lachte, ließ sich aber nicht ablenken, sondern versuchte vielmehr, die Hände mit den Klamotten beiseite zu schieben.

Doch ich wollte um nichts in der Welt mehr, was ich mir lange Zeit sehnlich gewünscht und hundert Nächte lang in Gedanken ausgemalt hatte. Vor Entsetzen entglitt meinen zitternden Händen die Hose.

Da sah Sylvie auf einmal die Hände voll Blut, zum Teil schon schwarz verkrustet. Als nächstes erblickte sie die roten Spuren im Jeansstoff am Boden, danach meine blutigen Füße und dann die Knie. Sie salbte mich trotzdem nicht, wie Jesus gesalbt worden ist in der Bibel.

»Hast du dich sonst noch verletzt?« fragte sie nur und schaute auf die Boots in meiner Hand, die mir als letzter Schutzschild der Genitalien geblieben waren.

»Nein!« sagte ich barsch. Meine Stimme klang ungewohnt laut.

Sylvie sah mich erstaunt an.

»Hör schon auf mit dem Doktorspielen und hau endlich ab!« schrie ich.

Ich schämte mich. Und je mehr ich mich schämte, desto heftiger wünschte ich mir, Sylvie wäre die Fata Morgana im Off geblieben, eine letzte, sich unerreichbar am Horizont spiegelnde Vorgauklung von Anmut und feenhaftem Liebreiz, die meine schwindenden Kräfte in Szene setzten.

»Aber du mußt dir das Blut abwischen«, versuchte es Sylvie noch einmal. »Hast du Tempotücher dabei?«

»Nein.«

»Ich hol welche. Vielleicht krieg ich drüben beim Hausmeister in der Schule auch warmes Wasser.«

»Nein.«

»Du kannst doch nicht mit dem Blut in die Sachen steigen.«

»Nein?«

»Nein!« schrie sie plötzlich zurück.

Wir starrten uns an.

Dann hob ich die Jeans, die sie mitgebracht hatte, vom Boden auf und schlüpfte hinein, ohne nach einer Unterhose zu suchen. Ich wollte nur endlich wieder bekleidet sein.

Zipp machte der Reißverschluß, und die Hose schloß sich hauteng um meinen Po wie bei Sylvie.

»Was ist?« fragte ich kalt. »Warum starrst du mich an? Ist das deine Hose?«

Sylvie nickte.

»Hau ab!« schrie ich wieder. »Ich bring sie dir frisch gewaschen zurück!«

Sylvie blieb ungläubig stehen. Sie hatte mir ihre Sachen gebracht und mir aus der größten Patsche des Lebens geholfen. Sie hatte sich über Zombie & Partner hinweggesetzt. Sie hatte Lars' schamlosen Plan still und heimlich durchkreuzt, weil sie nicht lustig fand, sich vorzustellen, daß ich mit nacktem Unterleib durch die Straßen lief. Sie hatte Zombies Rache in Kauf genommen, um mir Hose und Schuhe zu bringen. *Ihre* Hose und *ihre* Boots. Weil ich so klein war, hatten wir glücklicherweise die gleiche Größe.

Was verlangte ich noch?

Ich wollte, daß sie verschwand.

Abgang

Wenn nur mein nackter Luftsprung und die Folgen wären, könnte ich ihn vielleicht vergessen. Aber ein Bauchklatscher kommt selten allein. Da war noch mehr. Vorher. Das kann man nicht einfach weglassen. Ich muß das dazuschreiben. Anhängen. Ergänzen. Denn die Scheiße währet nun mal dreihundertundfünfundsechzig Tage, und wenn's hochkommt, so sind es noch einmal dreihundertundfünfundsechzig Tage, und wenn's köstlich gewesen ist, so ist's Untergang und Zerstörung gewesen. So oder ähnlich steht's in der Bibel. Wer's glaubt, wird selig. Schöne letzte Hoffnung.

Mein Vater hat uns im letzten Jahr verlassen. Im Januar fing seine Geschichte an, und sie war so etwas wie die Krönung einer Zeit, in der an allen Ecken und Enden die Dinge kaputtgingen. Nicht daß das eine mit dem anderen etwas zu tun hatte, aber der allgemeinen Zerstörung war im Oktober des Vorjahrs unter anderem auch der Neubau des Schultrakts zum Opfer gefallen. Seither ist der schäbige Plattenkasten nicht beziehbar und gammelt dahin. Noch laufen Prozesse. Bis die Urteile gesprochen sind, kann die Ruine mit ihrem freihängenden Hinterteil angeblich nicht abgerissen werden. Praktisches Konservierungsprogramm zum mahnenden Nachweis menschlicher Fehlleistungen.

Ende November fiel dann, während eines Herbststurms, ein Baum auf das Haus meiner Eltern und beschädigte das Dach.

Mein Vater schimpfte und fluchte wochenlang wegen der Sache und daß die Aufräumarbeiten sich hinzogen. Er verbrachte seine Zeit mit Versicherungspolicen und ständigen Anweisungen an die Leute, die den gekippten Ahorn zersägten und langsam seine Wurzel aus dem Erdreich buddelten. Weil die Bodendecke vom Regen aufgeweicht war, wühlten sie mit ihrem schweren Gerät unsern Rasen auf und ruinierten die Beete. Weihnachten war das Loch, in dem der Ahorn gesteckt hatte, zwar wieder zu, aber sonst überhaupt nichts in Ordnung. Die Gartenbaufirma hatte beim Heraushieven der Wurzel zwei andere Bäume getroffen und ziemlich in Mitleidenschaft gezogen. Mein Vater prozessierte wegen des angerichteten Schadens.

Weil er gute Gründe hatte, ständig mit der Versicherung zu reden, fiel uns nicht auf, daß er ab Anfang Januar die Verhandlungen ausdehnte und mehrere Male nicht vor zehn Uhr am Abend nach Hause kam. Wir merkten noch nicht einmal, wie er im Verlauf der nächsten Wochen, wenn die Versicherung abends persönlich anrief und meinen Vater bat, noch ein paar Fragen zu klären, seine uns bestens vertraute scharfe und abweisende Sprechart in ungewohnte Freundlichkeit verkehrte, herzlich lachte und dabei die Tür zum Arbeitszimmer hinter sich schloß.

Sechs Wochen später verbrachte mein Vater eine ganze Nacht mit der Versicherung. Da begriffen meine Mutter und ich, was passiert war und daß unser Haus seit dem Sturz des Ahorns ziemlich starke Risse bekommen hatte, die sich nicht mehr länger übertünchen ließen.

Mein Vater war nicht Herr der Lage, sondern brüllte herum vor Erregung und warf die Türen, um nur nicht sagen zu müssen, es täte ihm leid. Er hatte ein schlechtes Gewissen, doch gab es nicht zu. Jedesmal kramte er alte Geschichten heraus, was meine Mutter vor Jahren mal falsch gemacht hatte, als wäre das der entscheidende Grund, weshalb er sich mit einer Versicherungsvertreterin zusammentun mußte.

Manchmal versteiften sich Vaters Vorwürfe auch auf das Thema Erziehung. Er behauptete dann, daß ich zu weich sei, zu verhätschelt und aussähe wie ein Hänfling mit meinen spirreligen Beinen und schmalen Schultern. Irgendwie versuchte er deutlich zu machen, daß meine Mutter an meinem Zwergwuchs schuld sei. Dabei ist sie genauso groß oder klein wie er selber, was eigentlich eher für sie als für ihn spricht in puncto Schubkraft der Gene.

Mein Vater ist wirklich nicht groß, aber er besaß damals einen ansehnlichen Leibesumfang, den er seit Jahren versuchte durch Sport in die Schranken zu weisen. Nun sollte auch ich Sport treiben, nicht nur, um wie er Willenskraft zu beweisen, sondern mehr noch, um meine Muskeln zu stärken. Krafttraining sollte ich machen, damit ich mich in der Schule ernsthaft mit King Kong & Company messen könne, wenn ich schon zwergwüchsig sei. Schließlich sei ich kein kleines Kind mehr, das noch an Mutters Rockzipfel Schutz suchen könne. Meine Mutter müsse das einsehen und mich endlich aus ihren Fittichen raus und rein ins Fitneß-Studio lassen, damit ich mich dort langsam zu einem Mannsbild mausern und irgendwann erfolgreich vor jeder Fata Morgana bestehen könne. Er sagte es nicht so wie ich jetzt. Aber ich kann nicht anders, als seinen schlecht verpackten Angriff auf meinen Körperbau schriftlich ein bißchen zu überzeichnen. So schafft man Distanz zu den Mangelgenen seines Vaters.

Irgendwie hingen die Sätze mit dem Wunsch nach Befreiung seiner eigenen herausgeforderten Männlichkeit zusammen. Ich aber fühlte mich in dieser Hinsicht nicht im geringsten behindert. Und was die Wahrnehmung meines Körpers durch das andere Geschlecht betrifft, so bin ich ja in meiner Kindheit wirklich nicht zu kurz gekommen. Nicht etwa, weil meine Mutter zu lange meinen Po gepudert hat. Da gibt es schließlich eigenständigere Praktiken. Zum Beispiel, wenn man mit fünf oder sechs ausgiebige ärztliche Untersuchungen anstellt, was unten bei Jungen anders ist und was dafür die Mädchen haben. Klar, daß mich Sylvie da in meiner ganzen Nacktheit zu Gesicht bekommen hat. Genauso wie ich sie.

Weil meine Mutter weniger konkret, aber etwa in diesem Sinn widersprach, stürmte mein Vater schnaubend aus dem Zimmer, schnappte sich seinen Mantel vom Haken und verschwand mit fliegenden Fahnen zu seiner Geliebten. Einmal sprang bei so einem Abgang das Glas aus der Küchentür, als er sie zuschlug, und zerschellte klirrend am Boden. Meine Eltern starrten sich durch die fehlende Scheibe an. Aber es kam nicht zum lachenden Showdown einer Versöhnung, obwohl die Komik der Situation etwas von der Art verlangte.

Mein Vater rannte wütend davon. Und meine Mutter suchte am anderen Tag einen Rechtsanwalt auf. So fing der nächste Prozeß an zu laufen. Und auch der zog sich hin.

Wenn uns mein Vater verließ, um zu seiner Freundin zu fahren, blieb das Haus auf seltsame Weise wie ausgestorben zurück. Dabei war eigentlich doch nur er weggefahren. Einer von dreien, unsere Haustiere nicht eingerechnet: Mignon, die sterilisierte Katze, und Lucifer, meine Eidechse im Terrarium. Lucifer stammt aus Italien. Ich habe ihn schwarz importiert.

Aber es war, wenn die Tür hinter meinem Vater ins Schloß fiel, als ob plötzlich gar keiner mehr im Haus sei. Die Türen standen offen wie immer. Das ist bei uns üblich. Geschlossene Türen engen uns ein. Doch plötzlich schien hinter den Türen alles wie ausgeräumt. Meine Mutter und ich in verschiedenen Zimmern, und jeder hörte die fehlenden Schritte des andern. Wir erstarrten wie Schauspieler im angehaltenen Schlußbild einer Familienserie, wenn der Abspann darüberläuft. *Glück und Glas.* Zehnte Folge: Vaters Abgang. Es spielten ... Aus der Text. Wir schwiegen mit offenen Mündern in uns hinein. Dann schwarze Fläche mit Senderzeichen und Copyright. Eine leblose Jahreszahl sagt: frisch gedreht.

Aber auch wenn die Dunkelheit einbrach, stand niemand auf, um Licht zu machen. Langsam fiel die Nacht über unser Haus. Und wir ließen es zu, daß sich die Schwärze draußen wie drinnen ausbreiten konnte. Stück für Stück verloren wir uns in der zunehmenden Unsichtbarkeit. Starr wie der entführte Lucifer im fehlenden Licht hockten wir da. Unser Blut dick und kalt wie bei ihm.

Mignon war am Ende immer die erste, die sich aus dieser Starre erhob. Unsichtbar bog sie mir ihren Rücken entgegen, und ich wußte, daß ich sie streicheln sollte, und rührte die Hand. Damit und mit ihrem Maunzen brach sie in meinem Zimmer den Bann. Ich stand auf, ging zur Tür, machte Licht, und Mignon verschwand hinaus und zur Treppe hinunter zu meiner Mutter.

Einmal in den ersten Tagen zog es meinen Blick von der Tür aus ins Zimmer zurück, und ich sah gegenüber am Fenster die kleine Terrarienwelt, in der sich Lucifer jede Nacht, sobald die Temperatur seiner gläsernen Behausung automatisch absank, verbarg, weil ihn die Körperwärme verließ. Plötzlich war ich besessen von dem Gedanken, auch Lucifer aufzuwecken.

In meinem Schrank stand eine Infrarotlampe. Meine Mutter vertraute ihr blind Rücken, Nase und Ohren an. Auch jedes andere Körperteil wäre in Frage gekommen. Aber weil ich, besonders im Winter, zu vielen Erkältungen neige, heißt das Rotlicht bei uns *die Schnupfenlampe* und befand sich bei mir.

Ich dachte: Vielleicht gelingt es mit Rotlicht auch, Lucifer trotz später Stunde zurück ins Leben zu holen. Während ich die Lampe hervorkramte, hörte ich, wie unten im Wohnzimmer meine Mutter wieder zu sprechen begann. Ich wußte, daß die Katze bei ihr war, und ich stellte mir vor, wie Mignon den Rücken der schlafenden Hand entgegengestreckt hatte, bis meine Mutter endlich das Fell berührte. Sofort hatte Mignon etwas Spannung herübergefunkt und die Hand elektrisiert, um meine Mutter weiter zu aktivieren. Nur eine kurze Weile, und ich hörte das gewohnte klackende Geräusch des Hebels, mit dem die Terrassentür geöffnet wird. Meine Mutter war aufgestanden und ließ Mignon in die nächtliche Freiheit hinaus.

Ich schaltete die Lampe ein und hielt das Licht wie eine rote Morgensonne über Lucifers Terrarienlandschaft. Lucifer war nicht zu sehen. Er lag zwischen den Steinen versteckt.

Ich hörte, wie meine Mutter aus dem Wohnzimmer kam, das Licht im Flur anknipste und nach mir rief mit gedämpfter Stimme, leiser als ich sie sonst gewohnt war. Es klang, als ob sie sich noch im Haus orientierte. Als wären ihr alle Wände fremd geworden, als müßte sie sich erst von neuem an sie gewöhnen.

Aber schließlich erfaßte sie wohl den roten Schein, der aus meinem Zimmer hinaus in den Flur drang, und sie wurde schlagartig wieder die sorgende Mutter. Ich hörte, wie sie die Treppe heraufkam und leise ins Zimmer trat, um zu fragen: »Ist was mit dir? Bist du krank?«

Ich schüttelte den Kopf.

»Was machst du?« fragte sie.

»Ich will, daß Lucifer aufwacht«, gab ich zur Antwort.

»Warum?«

Ich zuckte die Schultern.

»Nur so«, sagte ich nach einer Weile und schwieg dann wieder. Mir fiel die richtige Antwort nicht ein.

Meine Mutter trat vorsichtig zu mir heran und legte den Arm um mich. Dann betrachtete sie eine Weile schweigend Lucifers rot erleuchtete Welt.

»Laß Lucifer schlafen«, sagte sie endlich. »Wir beide gehen jetzt auch.«

Ihre Stimme klang wieder fest und beruhigend. Und ich

spürte ihre Hand, die zärtlich über mein bis zum Prickeln gespanntes Gesicht fuhr.

Ich war müde und hellwach zugleich.

Und wenn ich es auch nie mehr zu verwirklichen suchte, so hatte ich doch jedesmal, wenn uns mein Vater verließ, das Verlangen, Lucifer aufzuwecken.

Im Jahr zuvor hatte mein Vater noch seinen vierzigsten Geburtstag zu einer riesigen Gartenparty erkoren. Mehr als hundert Gäste waren eingeladen worden. Und meine Mutter hatte aus gegebenem Anlaß einen kleinen Pavillon auf dem frisch geschnittenen Rasen aufstellen lassen. Sie war stolz gewesen, das strahlend weiße Objekt mit seiner goldenen Kugel auf der Spitze des Dachs bei einem Zeltverleih aufgetrieben zu haben. Auch wenn unser Garten kein Park ist, wirkte es passend an seinem Platz und sah sehr zierlich und einladend aus.

Mein Vater war sichtlich überrascht, als er das Oktagon in unserem Garten erblickte. Beschwingt eilte er meiner Mutter entgegen, die gerade das kalte Buffet dirigierte, das unter dem Pavillondach seinen Platz finden sollte. Und sie lachten und strahlten und hielten sich lange umschlungen. Er war begeistert von ihrer Idee.

Natürlich waren meine Eltern nicht immer ein Herz und eine Seele, aber an diesem Tag störte sie nichts. Mein Vater ließ einen ersten Sektkorken knallen und stieß mit Mutter auf den Pavillon an.

Es war ein herrlicher Sonnentag, und der Abend versprach warm zu bleiben und ohne Gewitter, die es damals im August ziemlich häufig gab. Im Haus standen Fenster und Türen weit offen, und die Freunde strömten in leichter Sommergarderobe herbei, die Frauen schulterfrei, kurz oder lang, je nach Alter, die Männer in leinenen Sakkos, schwarz oder weiß ihre Hemden darunter, auch das je nach Alter verschieden. Und jeder bewunderte Mutters Fund und wünschte dem glücklichen Paar langes Leben.

Mein Vater ließ immer mehr Sektkorken knallen. Die Korken flogen in alle Richtungen davon. Und die Gäste standen im Garten herum, plauderten und hatten Mühe, lachend die am Buffet reichlich gefüllten Teller in der Balance zu halten.

Ich wartete auf Sylvie. Wie immer erschienen ihre Eltern als letzte, damit sie auch jeder sah, wenn sie kamen. Ihre Tochter vermied diese Schau und hielt sich dezent im Schatten dahinter. Für mich aber waren ihre Eltern nur wie Fahnenträger oder die, die den Auftritt der nächsten Hoheit verkünden. Mir stockte der Atem, als ich Sylvies blonde Haare sah, von denen ich nachts immer träumte. Ich himmelte Sylvie an. Solange ich denken konnte, trug sie die Haare ganz lang. Auf der Grundschule, als die meisten Jungen nur abfällige Bemerkungen über Mädchen zu machen verstanden, war der Spruch herumgegangen:

Ene, mene, mare,
Sylvies blonde Haare,
morgens auf dem Klo
wischt sie damit den Po.

Wenn ich gekonnt hätte, wär ich damals ritterlich in den Krieg gegen die anderen Jungen gezogen, denn ich war schon zu der Zeit in Sylvie verliebt. Aber sie würdigte die Jungen keines einzigen Blicks, so erhaben fühlte sie sich über alle. Ich war der einzige, den sie überhaupt akzeptierte.

Am Geburtstag meines Vaters hingen Sylvies Haare übrigens nicht einfach gerade wie damals herunter, sondern waren toupiert und schwangen in weichen Bögen um ihren Kopf. Mehr brauchte es gar nicht bei ihr. Sylvie trug nur ein weißes, ausgeschnittenes T-Shirt, ansonsten wie immer Jeans. Doch ich fand, die frisierten Haare reichten glatt aus, sämtliche hundert Blicke in unserem Garten auf sie zu lenken.

Sylvies und mein Vater waren seit Uni-Tagen befreundet. Sie hatten zusammen Wirtschaft studiert und gemeinsam Examen gemacht. Sie waren bei der Hochzeit einer des anderen Trauzeuge gewesen. Und ein paar Jahre später hatten Sylvie und ich traut vereint im Garten gespielt.

Als mein Vater jetzt die ersehnten Gäste kommen sah, eilte er ihnen mit Sekt und Gläsern entgegen und warf sich strahlend dem Freund in die Arme. Er wirkte ein bißchen wie der kleine Bruder von Sylvies Vater.

Sylvies Vater hatte zum Geburtstag unter anderem Mozarts Divertimento D-dur KV 334 mitgebracht. Das Verrückte war, er hatte irgendwann mal beschlossen, ein Hobby zu brauchen, das seinem sonstigen Lebensstil entsprach und doch von den andern für noch exklusiver gehalten und deshalb üppig bestaunt werden würde. In kürzester Zeit war er zu einem besessenen Klassik-Fetischisten geworden und verbrachte seine häuslichen Abende nur noch mit Kopfhörer über den Ohren, unansprechbar für alles außerhalb der Musik. Wenn, dann unterschied sich Sylvies Vater von meinem am deutlichsten in seiner Klassikmanie. Er schwärmte von Interpretinnen wie von Geliebten und fühlte sich Mozart so geistesverwandt wie meinem Vater.

Der weiße Pavillon war ihm der rechte Ort, um meinem Vater – und allen Gästen – beziehungsreich zu erklären, warum er sich gerade das Divertimento als Geburtstagsgeschenk ausgesucht hatte. Divertimenti, so sprach er erhöht auf dem Treppchen zum Eingang, seien meist eine Huldigungsmusik an den beschenkten Empfänger, so sei es auch hier. Doch zugleich handle es sich bei dem erwählten Stück um eine Finalmusik, die 1780 dem Jurastudenten Sigmund von Robinik zum Examen verehrt worden sei. Wenn er, Sylvies Vater, erst heute dem Geburtstagskind das Divertimento schenke und nicht, wie gehörig, zu meines Vaters Examen, dann nur, weil er damals noch unwissend gewesen sei und nicht wie jetzt mit Mozart auf du und du gestanden habe, um für seinen besten Freund das passende Ständchen zu besorgen. Aber nun sei es ihm mit der nötigen Recherche in Mozarts Archiven endlich gelungen. Und wenn auch Robinik damals bei seinem Examen erst zwanzig gewesen sei, so sei doch mein Vater im doppelten Alter dieser Musik doppelt würdig, denn gerade er habe ja jede Prüfung in seinem Beruf *summa cum laude* bestanden und sein Haus korrekt und ordentlich bestellt, so daß wohl Anlaß genug bestehe, ihm jetzt das Finalstück zu verehren. So wie er es sagte, klang es, als sollte mein Vater nach vierzig Jahren ein neues Leben beginnen.

Alle klatschten Beifall und stießen auf meinen Vater an, der sich beeilte, die CD auszupacken und dann ins Haus zu laufen, um das Divertimento endlich in den Player einzulegen, dessen große Lautsprecherboxen auf die Terrasse gerückt worden waren. Wenig später erscholl eine leichte, beschwingte Musik über dem Pavillon und tanzte durch die Luft in fließenden Bewegungen, die lange um ein Thema kreisten, sich wiederholten und dann weiterschritten. Für eine gewöhnliche Gartenparty wäre die Musik vielleicht unpassend gewesen, aber der Pavillon gab ihr genau das richtige Umfeld, und es schien, als lustwandelten plötzlich die Gäste bei uns in einem Park.

Auch ich, der ich sonst klassische Musik nur im Vorbeigehen wahrnahm, wenn meine Mutter sie ab und zu abends, aber zu leise für mich, um sie wirklich zu hören, im Wohnzimmer spielte, fühlte plötzlich die immer weitersprudelnde Freude des Divertimento in mich hineintönen wie in ein Brunnenbecken und dann wie von den Resonanzböden der Streichinstrumente aus mir zurückklingen. Die Musik bestärkte mich in dem Verlangen, Sylvie an diesem Abend endlich zu sagen, daß ich sie liebte. Einer war mir ohnehin schon zuvorgekommen und hatte sich an sie herangemacht, wenn auch nur kurz. Aber das war kränkend genug – nicht nur für mich.

Ich entdeckte Sylvie hinter dem Pavillon. Eigentlich erkannte ich nur ihre Haare. Von hinten sah es so aus, als wären sie ein Kokon, in den sich Sylvie eingesponnen hatte. Sie mußte während der ganzen Rede ihres Vaters so dagestanden haben. Wie absichtlich abgewandt.

Als ich bei ihr war und sie leicht von der Seite anstieß, lachte sie schrill, fast kreischend auf. Ihr Lachen klang fremd und unnatürlich. Dann fragte sie mich, wo ich gewesen sei, und sie lachte nicht mehr.

»Hast du ein Feuerwerk vorbereitet?« sagte sie schroff und warf ihre blonde Haarpracht heftig aus dem Gesicht.

Ich war verwirrt, warum sie ausgerechnet *Feuerwerk* sagte. Aber dann dachte ich, daß ein Feuerwerk bestens zu der Musik und dem Pavillon passen würde. Und ich bedauerte, daß die Idee mir nicht selber gekommen war.

Verneinend schüttelte ich den Kopf.

»Dann eben nicht«, sagte sie nur und schwieg.

Auch ich sagte nichts, aber auf einmal schien mir die Musik schwerer und trauriger als zuvor.

Ich versuchte, unser Gespräch wieder in Gang zu bringen, um noch loszuwerden, was ich mir vorgenommen hatte zu sagen.

»Hast du die Musik schon mal ganz angehört?«

»Ich? Dieses Klassikzeug meines Vaters? Bestimmt nicht. Du?«

»Wie denn?«

»Und was soll damit sein?«

»Weiß nicht. Die ganze Zeit dachte ich, sie tanzt in mir drin.«

»Du spinnst.«

»Wieso?«

»Weil mein Vater spinnt. Weil meine Mutter spinnt.«

»Warum?«

»Weil alle spinnen. Alle hier.«

Was sie sagte, ergab keinen Sinn.

Nach einer Pause fuhr Sylvie urplötzlich fort: »Wir sollten den Pavillon in die Luft sprengen. Das wär's. Flying saucers in the burning air. Würde die Stimmung absolut heben.«

»Wieso? Was hast du?«

»Siehst du die Goldkugel auf dem Dach?«

Ich nickte.

»Die wünsch ich meinem Vater.«

Ich sah Sylvie an.

»Eine goldene Kugel in seinen fetten Arsch. Möchte wissen, was meine Mutter dann sagt.«

Ich begriff nicht.

»Den Rest kriegen die andern.«

Ein Sektkorken knallte. Sylvie fing wieder an zu lachen. Das gleiche schrille Lachen.

»Genau, so klein ist ihre Munition. Und ansonsten knallt überhaupt nichts bei denen. Gar nichts, sag ich dir. Da können sie sich noch so wichtig nehmen. Ihr ganzes gespritztes Vergnügen ist die totale Armseligkeit. Wie halten meine Eltern das aus, immer nur so zu tun, als ob? Ich hasse sie.«

Ich fragte: »Ist was passiert?«

»Passiert? Was soll schon bei denen passiert sein?«

»Ich weiß nicht.«

»Ach, du verstehst überhaupt nichts.«

Sylvie ließ mich stehen. Ich sah ihr nach und verstand wirklich nichts. Mozart klang von fern an mein Ohr, seltsam fröhlich, doch aus einer anderen Zeit. Ein Menuett und danach das Rondo allegro. Und immer noch knallten die Korken.

Nach einer Weile kam mein Vater zu mir und fragte, warum ich mich nicht um Sylvie kümmerte.

Ich sagte: »Ist was?«

Er nickte in Richtung Pavillon. Und ich erwachte aus meiner Trance.

Sylvie war betrunken und stand kreischend da mit durchnäßtem T-Shirt, durchnäßter Hose. Ich dachte zuerst, jemand hätte sie beim Sektöffnen versehentlich auf zu direkte Weise bedient. Aber später erfuhr ich, daß sie sich selbst vor allen Leuten eine Flasche Champagner in den Ausschnitt gekippt hatte.

Ich begriff, daß Sylvie auf irgendeine Weise doch noch ihr Feuerwerk hatte zünden wollen. Ich verstand, daß die Champagnerflasche den Pavillon in die Luft sprengen sollte. Aber die ganze Aktion verpuffte, weil Sylvie betrunken war.

Gemeinsam brachten sie meine und ihre Mutter ins Haus. Sylvie lachte immer weiter, als prickelte ihr der gekühlte Sekt noch auf der Haut. Das Kreischen war lange zu hören. Es zog die Aktion ins Harmlose, Lächerliche hinab: Aber ja doch, einmal probiert jedes Kind Schluck um Schluck über den Durst. Immer das gleiche prickelnde Spiel. Wie das schmeckt! Alles ist plötzlich so leicht, so beschwingt und so komisch, so lustig. Willkommen im Bund derer, die alle schon mal betrunken waren. Und danke, daß du's – wie praktisch! – gleich hier bei uns gemacht hast, bei lauter erwachsenen Freunden.

Ein paar Männer, die in der Nähe standen, als Sylvie sich naß machte, hatten zwar, anstatt einzugreifen, mehr ihre Brüste unter dem T-Shirt bewundert und lachend erregte Blicke getauscht. Aber mehr war nicht geschehen. Und Sylvies Eltern waren freizügig genug, das Versäumnis der Männer herunterzuspielen.

Als die Geburtstagsparty meines Vaters zu Ende und Sylvie samt ihren Eltern und allen anderen Gästen aus Haus und Garten verschwunden war, fühlte ich mich allein. Früher als Kind hatte ich Sylvie oft nackt gesehen, so wie sie mich, und es war ganz normal. Aber diesmal war sie mir viel, viel nackter erschienen, und meine Erregung teilte ich mit den anderen Männern, die sie betrachtet hatten.

Ich liebte Sylvie noch immer, aber so wie ich es ihr am Abend hatte sagen wollen, ließ es sich nun nicht mehr sagen. Ich kam zum zweiten Mal zu spät. Liebe bedeutete jetzt vielleicht mehr oder auch weniger. Ich wußte es nicht. Ich fühlte nur, daß das Wort sich verändert hatte und andere Bilder in meinem Kopf erzeugte, die Überwindung verlangten.

Und ich fragte mich, was geschehen war, das Sylvie so gegen den Pavillon mit der goldenen Kugel auf seinem Dach aufgebracht haben konnte. Ich fand keinen Grund, warum sie ihn in die Luft sprengen wollte. Nichts machte Sinn. Mir war er leicht und spielerisch vorgekommen, einfach nur schön im Garten anzuschauen. Wieso reagierte sie mit Gewaltvorstellungen?

Ich spürte, daß ich ihre Aggression nicht teilen wollte. Meine Mutter hatte den Pavillon meinem Vater zur Freude an seinem Geburtstag aufstellen lassen. Und es war eine schöne Idee gewesen, die niemand, auch Sylvie nicht, einfach zerstören durfte. Aber sie hatte – mir fiel ein seltsames Wort ein – den Ort *entweiht*. Sie hatte die Freude zerstört, und ich wartete nur noch ungeduldig darauf, daß am Morgen die Zeltverleih-Firma kam, um ihn schnell zu entfernen. Je länger ich darüber nachdachte, desto wütender wurde ich.

Und in meiner Wut sah ich die Männer im Pavillon stehen und Sylvie begaffen, während das Dach von allein in die Luft flog, bevor sie den Rest auseinandernahmen und schließlich verluden. Irgendwie überkreuzten sich alle Gedanken, und ich war mit ihnen allein.

Ich weiß nicht, wie lange ich so auf der Terrasse herumsaß. Meine Eltern, die noch ein bißchen im Garten aufgeräumt hatten, fanden mich schließlich erschöpft in einem Stuhl. Ich war übermüdet. Meine Mutter fragte mich, warum ich nicht schon im Bett sei. Ich antwortete nicht, aber plötzlich erinnerte ich mich im Halbschlaf an das Divertimento und bat meinen Vater, die Mozart-CD mit in mein Zimmer nehmen zu dürfen, von wo aus sie nie mehr zu ihm zurückkehrte. Ich denke, mein Vater hat es gar nicht bemerkt.

Demonstration

Neuigkeiten, brandaktuell. Unbedingt gleich aufzuschreiben. Sofort hinzuzufügen:

Einen einzigen Tag wollte ich mal die Rolle des schweigenden Betrachters verlassen. Über meinem Kopf schwankte ein Pappschild durch die Stadt mit der selbstgefertigten Aufschrift:

Schlechte Baumeister
haben in zu kleinen Räumen
gelernt!

Der Slogan gefiel mir. Aber schwarzer Filzstift kontrastiert nicht genügend zu braunem Karton. Auch fehlte es meiner Handschrift an Größe und Schwung, um plakativ zu wirken und lesbar zu sein. Ich fand mein Schild eher mickrig und krakelig.

Die Demonstration, an der ich mit meinem Schild teilnahm, galt der anhaltenden Raumnot in unserer Schule, und wir protestierten dagegen, daß der schleppende Prozeß um die Neubau-Ruine ihren Abriß noch immer verhinderte. Es war nicht abzusehen, wann endlich wieder gebaut werden konnte.

Mein schäbiges Schild fiel zum Glück nicht weiter auf, denn ich war von ein paar hundert Mädchen und Jungen aus meiner Schule umgeben, die ihre riesigen Spruchbänder teilweise über die ganze Breite des Demonstrationszugs spannten. In großen, roten Lettern stand darauf zum Beispiel zu lesen:

Bei uns geht es zu wie in einer Legebatterie!

Und ein paar Spaßvögel hatten, mit roten Herzen versehen, auf weißes Laken geschrieben:

So eng wie wir treibt Ihr es nur im Bett!

Der Spruch war filmreif für die Leute vom privaten Fernsehkanal, die in der Fußgängerzone drehten. Und wir brauchten die Öffentlichkeit unbedingt. Lehrer, Eltern und Schüler waren sich einig gewesen, daß die Situation an unserer Schule unerträglich war. Die Vorstellungen darüber, wie eine *erträgliche* Schule aussehen könnte, unterschieden sich zwar bei den ungleichen Partnern der Liaison, aber die Idee einer Demo fand auch bei denen Zuspruch, die ohnehin in der Schule die Mehrheit stellten. Denn für uns Schüler hieß das: Die Schule fällt aus!

Einmal nicht Krieg. Für eine Weile hakten sich in jeder Reihe des Demonstrationszugs die Schüler ein. Yürük und Hassan, die Knoblauchesser; daneben Mara, die wandelnde Modeboutique, und Professor Einstein, alias Jürgen Kopetzki, der Mann mit der eingegrabenen Falte in seiner Denkerstirn – das totale Genie; dann Karaoke-Elvis mit triefender Schmalzlocke für jeden Tag; sie alle waren aus meinem Jahrgang; daneben Kim aus dem Jahrgang unter mir, die beim Mannequin-Wettbewerb teilnehmen konnte mit ihrer Klasse-Figur; als nächstes kam ich, etwas inkognito, dann der Bodybuilder vom Dienst, Uli Pfitzke, mit 1,90 Meter und Stoppelhaar, der aus der Oberliga abgestürzt war, seither seinen Selbstwert am Muskelumfang ermaß und die Zombies um Lars lauthals verehrte; gefolgt von Denisa aus Bukarest, die sich seit Beginn des Schuljahrs bei uns abmühte, Deutsch zu verstehen und klein war wie eine rumänische Turnerin; danach kamen Julia und Anna, die Zwillinge aus dem Französisch-Leistungskurs, von denen eine vollkommen reichte, weil sie zu zweit nur noch kicherten, sobald jemand weniger intelligent war als sie; und als letzter ganz außen ging Moritz, der manchmal nach Bier roch und in der Schule ziemlich oft weggetreten war. Vor uns und hinter uns waren die andern.

Weg mit der Ruine! skandierten wir immer wieder. Der Sprechchor kam wie aus einem Munde. *Hopp, hopp, schaßt die Richter, unser Schulraum geht nicht dichter!* war der Spruch des Tages, der uns gemeinsam auf Trab hielt.

Vorn und an den Seiten des Zugs lief Polizei mit, um zu verhindern, daß wir mit Leuten zusammenstießen, die in Ruhe einkaufen wollten. Aber die Leute fühlten sich durch die Behelmten mit ihren Schlagstöcken aus der Ruhe gebracht und hielten uns Demonstranten für linke Krawallmacher und Anarchisten, weil uns die Grüne Gewalt mit einem mittleren Aufgebot ihrer Stärke im Zaum hielt.

Immer wieder pöbelte irgendein Lodenmantel mit Karstadt-Taschen, wir sollten arbeiten, nicht demonstrieren. Es ist ein Witz, wieviel Leute in Panik geraten, nur weil ein größerer Aufmarsch an Polizisten in der Fußgängerzone zu sehen ist. Unsre Plakate und Spruchbänder las kein Mensch.

Aber was konnte die versprengte Bürgerwehr wider den schulischen Ungehorsam gegen uns machen? Wir waren so viele und hatten uns allesamt ganz fest untergehakt. Nichts konnte uns aufhalten. Und wer nicht begriff, was auf den Plakaten im Demonstrationszug zu lesen war, der entblößte sich sowieso als ein unbelehrbarer Idiot und ließ sich wahrscheinlich auf ewig von jedem Grünmann sofort animieren, nach Zucht und Ordnung zu schreien. Vielleicht brauchte die Polizei ja Claqueure und hielt deshalb uns und nicht sie im Zaum.

Solche Gedanken tauschten wir untereinander mit Blicken und lachten über die Leute, die einigen Lehrern unserer Schule an jedem andern Tag sofort ihre konservative Patschhand hätten reichen wollen. Nur heute war da plötzlich die Polizei im Weg und schuf eine Front. Die Lehrer hielten sich immerhin tapfer unter der kalten Januarsonne und intonierten unsere Sprechchöre mit.

Niemand rechnete mit besonderen Vorkommnissen, und Kim aus dem Jahrgang unter mir sagte, sie fände den Spruch auf meinem Pappschild gelungen, weil er ein bißchen doppelbödig sei.

Ich sah sie an und freute mich, daß sie mein Schild überhaupt zur Kenntnis genommen hatte.

»Müßte bloß irgendwie größer und breiter zu lesen sein«, antwortete ich und war glücklich, weil ich ihr Lob, ohne es gleich aus voller Brust zu bejahen, trotzdem nicht schamvoll aufs zu mir passende Kleinformat reduziert hatte.

»Stimmt«, lachte Kim und zeigte mir ihre braunen Augen. »Da kann man noch was verbessern! Nächstes Mal.«

»So gut wie du schaff ich es wahrscheinlich nie!« antwortete ich und hob den Blick von ihrem Gesicht nach oben, ein Stockwerk höher, dorthin, wo auf schwarzgemaltem Grund leuchtendgelbe Großbuchstaben über den Köpfen der Schüler prangten:

KLUGE GEISTER
BRAUCHEN PLATZ
SICH ZU ENTFALTEN!

war deutlich auf dem Plakat zu lesen. Die Wörter hatten Platz genug. Jeder Buchstabe stand einzeln da, nicht versteckt und dicht an dicht wie bei mir, wo sich die Außenlinien der Zeichen manchmal sogar überlappten und ohnehin nur in dürr gezogenen Krakeleien vorhanden waren.

»Einfach Spitze!« sagte ich in die Luft.

»Findest du?«

Ich merkte, wie ich rot wurde, und las zur Beruhigung – bravo, Hans-guck-in-die-Luft! – ihr wunderschönes Plakat noch mal. Danach konnte ich ja vielleicht vom langen Nach-oben-Starren den roten Kopf bekommen haben.

Ich guckte Kim wieder an. Sie hatte halblange braune Haare, glatt, seitlich mit einem Scheitel geteilt, nur eine Strähne fiel ihr mitten durchs Gesicht. Ansonsten die Stirn frei, darunter schmale Mandelaugen, wenn sie lachte wie jetzt.

Ich schwieg.

»Gefällt dir mein Plakat wirklich?« fragte sie.

»Dir nicht?«

»Doch, sehr.«

»Hast du lange dran gesessen?«

»Na klar, das Schwarz mußte ja erst mal trocknen, eh ich mit der gelben Farbe weitermachen konnte.«

Um uns herum fingen sie wieder an zu skandieren. *Hopp, hopp, schaßt die Richter, unser Schulraum geht nicht dichter!* Kim fiel sofort mit ein. Ich folgte ihr, als der Sprechchor zum zweiten Mal intonierte.

Irgendwie klang der Satz eher so, als müßte er im Laufschritt gesprochen werden. Doch statt dessen kam unser Demonstrationszug plötzlich zum Stillstand. Wir konnten den Spruch so oft wiederholen, wie wir wollten, es ging vorn nicht weiter. Niemand wußte, was los war.

Hopp, hopp!
Hopp, hopp!
Hopp, hopp!
Hopp, hopp!
Hopp!

stagnierte der Spruch, und ein Gerücht ging um, die Polizei wolle uns nicht aus der Fußgängerzone heraus über die Hauptstraße ziehen lassen in Richtung Rathaus, sondern die Demo vorher beenden. Ein Pfeifkonzert schrillte von hinten los und schob sich lauter und lauter anschwellend nach vorn.

Hinter den reglosen Polizisten standen die Leute klein vor den riesigen Schaufensterwänden und glotzten uns schweigend an. Auch sie wußten von nichts.

»Vielleicht hat die Polizei vergessen, den Stadtverkehr umzuleiten, und jetzt haben sie Angst, unsern Zug direkt vor den Autos über die Straße zu lassen«, meinte Kim. »Kann doch sein, daß irgendein Fahrer Amok läuft, wenn er nicht weiterkommt.«

Wieder schrillte ein Pfeifkonzert los.

Jemand schrie: »Die Demo war angemeldet!«

Dann plötzlich flogen Steine. Nicht viele. Man merkte, daß das Reservoir an Geschossen gering war. Und daß die Steine nur aus einer Richtung geschleudert wurden, irgendwo mitten aus unserem Zug heraus. Schaufenster klirrten. Wir sahen nicht, wo. Der ganze Zug reckte die Hälse. Nach einer knappen Minute schien alles vorbei.

Immer gibt es Leute, die mehr Action brauchen als bloß eine Demonstration. Ein friedlicher Marsch durch die Stadt ist ihnen viel zu langweilig. Zum Beispiel den Oberzombies wie Lars. Ich bin sicher, er war bei den Steinewerfern dabei. Kann ja sein, daß ich ungerecht bin. Voreingenommen, nach allem, was mir Lars zugemutet hat. Ich konnte mir jedenfalls auf Anhieb vorstellen, daß sich jemand wie er mit ein paar Steinen in der Hand gleich als King Kong persönlich fühlt. Zombies sind nun mal so. Ich wußte es einfach. Mit denen kann man nicht reden. Die fackeln nicht lange herum, sondern fangen gleich an zu werfen. Gut gedeckt aus der Mitte des Zugs. Und schon ist es zu spät.

»Idioten!« fluchte Jürgen Kopetzki.

»Schnauze!« rief Muskelprotz Uli Pfitzke zurück. »Endlich passiert was.«

Karaoke-Elvis versuchte zu schlichten und kriegte als Dank von Uli eine kurze Rechte vor seinen Ballon.

»Da vorn!« rief Moritz mit schreckgeweiteten Augen.

Julia und Anna schrien in Panik.

Der ganze Zug war auf einmal in Aufruhr und wich nach hinten zurück. Denisa stürzte.

Moritz schob die Zwillinge aus der Bahn und zerrte Denisa vom Boden.

»Steh auf! Steh auf!« brüllte er sie an. »Die zertrampeln dich sonst!«

Denisa kam auf die Beine und schaute kalkweiß umher.

Yürük und Hassan riefen vom anderen Flügel herüber: »Polizei hat Schlagstöcke! Scheiße! Haut ab!«

Mara heulte vor Angst.

Spruchbänder kippten nach hinten. Eine Holzstange segelte haarscharf an Moritz vorbei. Aber die Stoffbahn riß ihn zu Boden.

Neben ihm befreite Denisa sich aus dem Laken und half den kreischenden Zwillingen auf.

Wieder wichen die Reihen vor uns ein paar Meter zurück und drückten uns weg. Nur Uli Pfitzke schien sich nicht vertreiben zu lassen. Er wollte unbedingt weiter nach vorn. Jetzt stand er bereits drei Reihen von uns entfernt, da wo wir auch mal gestanden hatten. Ich sah seinen Stoppelkopf wie einen Leuchtturm über die anderen ragen.

Kim und ich hielten immer noch unsre Plakate, weil wir nicht wußten, wohin damit. Vor uns waren fast alle Sprüche verschwunden.

Kaum daß wir es merkten, sahen wir schon die nächste Woge den Demonstrationszug nach hinten spülen. Plötzlich war alles im Chaos. Kein Mensch hielt sich jetzt mehr in Reih und Glied. Alles war nur noch ein brodelnder Pulk.

Wir konnten die Polizei nicht sehen. Aber die Behelmten drängten uns mit ihren Schlagstöcken Meter um Meter zurück.

Kim rutschte aus und verlor im Stolpern die Stange samt ihrem schönen Plakat. Dann stürzte sie, und die Stange sprang wieder hoch, das sich aufrichtende schwarze Schild zeigte noch einmal die große gelb gemalte Aufschrift: KLUGE GEISTER BRAUCHEN PLATZ SICH ZU ENTFALTEN!, ehe es endlich auf Nimmerwiedersehen versank. Von vorn drängte schon eine nächste Welle die Menschenleiber heran.

Es war keine Zeit nachzudenken. Ich griff nur nach Kim, weil ich Angst um sie hatte. Erst da registrierte ich, daß auch mein Schild weg war. In Panik, die KLUGEN GEISTER könnten Kim erschlagen, hatte ich irgendwann einfach losgelassen.

Ich zog Kim hoch, und wir drehten uns um, damit wir nach hinten zurückweichen konnten. Aber etwas passierte direkt vor unseren Augen. Mehrere Schüler lagen auf einmal am Boden und kreischten und schrien. Jeden Moment würden wir über sie stürzen.

Eine Sekunde lang ließ die Druckwelle nach. Kim schaute sich um, dann deutete sie mit ihrem Kopf schnell nach rechts. Ich sah, was sie meinte. Wir mußten uns irgendwie fünf oder sechs Schritte zur Seite schieben, dann konnten wir in eine schmale Gasse zwischen den Häusern fliehen. Die Gasse führte aus dem Fußgängerbereich heraus.

Wir schafften es, und plötzlich schien es, als wäre es um uns herum fast still. Das Tosen glitt scharf an der Gasse vorbei, brach sich nicht recht vor der Hauswand am Eck. Vielleicht war der Einschnitt der Gasse zu klein, um die Druckwelle abzuleiten. Niemand folgte uns nach. Niemand drängte herein. Es war, als hätte man hinter uns eine Glaswand errichtet. Wir blickten noch mal in die Fußgängerzone zurück und sahen wie durch ein schmales Fenster Leute vorüberfliehen. Und endlich sahen wir auch, mit Schlagstock und Helmen, die Polizisten.

Kim zitterte. Sie zog meinen Körper zu sich heran und schlang ihre Arme um meinen Leib.

»Entschuldigung!« sagte sie und lächelte dann. Ihr Gesicht war zerzaust. »Ich kann nicht mehr.«

»Ich auch nicht.«

»Horror.«

»Grausig. Total.«

Ich sah noch einmal die Bilder vor meinen Augen. Kim wahrscheinlich auch, denn wir schwiegen gemeinsam.

Dann redete sie weiter: »Ich muß das erst runterspülen, sonst halt ich's nicht aus.«

Ich nickte.

»Gehst du mit mir was trinken?«

Ich nickte noch mal.

Wenn ich zurückschaue, sind die letzten eineinhalb Jahre seit der Geburtstagsparty meines Vaters ein einziges Chaos gewesen. Es ist völlig egal, wie rum man die Dinge erzählt. In meinem Kopf gibt es Szenen, die immer wiederkehren und die ich nicht abschütteln kann. Ausschnitte eines unfaßbaren Ganzen. Sie tauchen in beliebiger Reihenfolge in meinen Gedanken auf. In meinen Träumen. Tag und Nacht. Das einzige, was sich wie ein roter Faden von Ereignis zu Ereignis durchzieht und alle Sequenzen irgendwie miteinander verbindet, ist die Zerstörung.

Es ist Ende Januar, und ich habe heute an einer Demonstration für den Abriß der Ruine unseres Schulanbaus teilgenommen. Die Demonstration ist in Gewalt eskaliert, und ich habe danach in einem Bistro gesessen, um die Bilder der Gewalt loszuwerden, die ich gesehen hatte. Neben mir saß Kim, die die ganze Zeit dabei gewesen ist, und wir sahen uns an und waren zu entsetzt, um zu reden.

Kim ist seit langem das erste Mädchen, mit dem ich freiwillig irgendwo hingegangen bin. Daß ich normalerweise lieber allein bin, hat mit meinem Vater zu tun, der seit einem Jahr eine Freundin hat und inzwischen von meiner Mutter geschieden lebt. Ich habe das ganze Jahr versucht, mit der Trennung fertig zu werden, aber Liebe und Freundschaft sind ziemlich wacklige Begriffe geblieben, gegen die die Wirklichkeit ständig anbläst.

Als die Welt noch in Ordnung war, gab es Sylvie, mit der ich seit Kindertagen zusammen war. Aber heute reden wir so gut wie nicht miteinander, und sie geht mir aus dem Weg, weil sie niemanden lieben kann, was mit *ihren* Eltern zu tun hat. Sylvie ist von Zerstörung besessen, obwohl sie mich im Oktober gerettet hat, als ein paar Zombies mich in der Ruine erledigen wollten. Vielleicht ist sie selber ein Zombie. Oder sie hat etwas mit den Zombies. Was hat sie damals als einziges Mädchen bei ihnen gemacht?

Die Gedanken mischen sich mit den Bildern der Demonstration. Noch immer dasselbe Wirrwarr in meinem Kopf wie heute vormittag in der plötzlichen Geborgenheit des Bistros. Und ich denke an Kim.

Kim sieht mich an und fragt, woran ich denke. Ich glaube, sie hat mich schon eine Weile beobachtet.

Ich überlege, was ich ihr sagen soll, denn die ganzen eineinhalb Jahre will ich ihr nicht erzählen.

Dann sage ich nur: »Alles ist so kompliziert. Oder komplex. Undurchschaubar. Ich weiß nicht mehr, wo ich steh.«

Kim schweigt. Sie denkt nach.

Mit einem Auge registriere ich an ihrem Kopf vorbei: Es sitzen nur wenige Leute an diesem Vormittag im Bistro.

Kim fragt: »Hast du etwas zu schreiben?«

Ich taste die Taschen meiner Jacke ab, die hinter mir über der Stuhllehne hängt.

»Da«, sage ich schließlich und fördere einen winzigen Bleistiftstummel zutage. »Reicht der?«

»Wenn ich mich kurz fasse, ja.«

Kim lacht mal wieder.

Ich lache zurück.

»Gibst du ihn mir?« fragt sie mich.

Wir tauschen den Stift.

Kim nimmt einen von den fotokopierten Speisezetteln, die vor uns auf dem Marmortisch herumliegen, und dreht ihn um. Dann ist sie mit Schreiben beschäftigt.

Ich versuche, ihre Schrift auf dem Kopf zu lesen, aber es geht nicht. Ich sehe Kim an.

Kim schaut erst auf, als sie fertig ist.

Sie kriegt schmale Mandelaugen und sagt: »Schenk ich dir.«

Der Zettel liegt schon richtig herum da, als ich wieder auf den Tisch schaue.

Kims Schrift ist klein, aber fließend und rund.

Und es ist nichts als Schrift auf dem Zettel. Kein Herzchen am Rand oder irgendwas anderes. Zum Glück.

Auf dem Zettel stehen die Zeilen:

Einfach

Ein einfacher Tisch
und ein einfacher Landwein
in einfachen Gläsern

Ein einfaches Verhältnis
zwischen dir und mir

Eine Fliege ertrinkt
auf einfache Weise
in deinem Glas

Es ist ein Gedicht. Ich lese es noch einmal. Und dann noch mal. Es hat einen einfachen Klang.

Ich schaue Kim lange nicht an, bis ich den blödsten Satz sage, den man sich vorstellen kann:

»Hast du das gerade geschrieben?«

»Wie?«

Natürlich hat sie es gerade geschrieben. Ich hab es ja selber gesehen.

»Ich meine, ob es dir jetzt eben eingefallen ist?«

»Trinken wir etwa Wein?« fragt Kim mit schelmischem Blick. »Und wo ist die Fliege?«

Wir trinken Milchkaffee aus großen Schalen, mit Kakao bestreut. Und den Fliegen ist es im Winter zu kalt.

Ich werde rot.

»Wieso meinst du eigentlich, es ist von mir?« fragt sie.

»Weiß nicht, einfach so.«

»Findst du's so schlecht?«

»Soll ich dir den Nobelpreis verleihen?«

Kim zieht die Mandelaugen wieder zusammen. Wir lachen ein bißchen.

»Schreibst du öfter Gedichte?«

»Manchmal. Wenn ich Lust habe.«

»Warst du verliebt, als du zu *dem* Gedicht Lust gehabt hast?«

»Weil es ein Du darin gibt?«

Ich werde schon wieder rot und schaue die Tischplatte an.

»Paß auf, da ist die Fliege.«

»Wie?« Ich schaue hoch. In meinen Augen blinken zwei dicke Fragezeichen.

Kim lacht.

»Wenn du weiter fragst, ertrinkt sie.«

»Du bist verrückt.«

»Gib's her.« Sie greift nach dem Blatt.

Ich leg meine Hand drauf. »Du hast es geschenkt.«

Es ist der Satz des Tages. Er rettet die Situation.
Kim lacht. »Also nimm es, aber so, wie es ist.«
»Willst du den Stift noch behalten?«
»Erwartest du mehr?«
»Nimm ihn.«
»Okay. Falls mir mal wieder was einfällt zu dir.«
Wir albern herum und halten die zurückliegende Zeit auf Distanz. Unvorstellbar, alles, was war, zu vergessen. Doch es tut gut. Es ist einfach schön und beruhigend, mit Kim zusammenzusitzen.

Schule der Gewalt

In der Schule wird geredet. Jeder erzählt seine Version. Jeder hat etwas gesehen. Aber die Aussagen widersprechen sich. Verdächtigungen werden getuschelt. Niemand erfährt, was wirklich gewesen ist.

Ich habe heute morgen vor der ersten Stunde im Physikraum auf Sylvie gewartet. Wieso mache ich so was? Irgendein Impuls hat mich gedrängt, unbedingt recht zu bekommen. Wir haben wochenlang nicht miteinander geredet. Aber heute mußte ich sie um jeden Preis fragen, wo sie im Demonstrationszug gesteckt hat. Es stimmt ja, in meiner näheren Umgebung war sie nicht. Das weiß ich genau. Aber hundert andere Schüler habe ich auch nicht gesehen, weil sie woanders im Zug mitgelaufen sind. Wieso verdächtige ich die nicht, die Steine geworfen zu haben? Ich bin auf Sylvie fixiert. In jeder Hinsicht. Weil ich sie ständig mit Lars zusammen sehe, raste ich aus. Eifersucht nennt man das.

Taktisch sind eifersüchtige Gockel immer totale Trottel. Ich kann nicht behaupten, heute morgen eine rühmliche Ausnahmeerscheinung gewesen zu sein. Als Sylvie kam, bin ich gleich mit der Tür ins Haus gefallen. Kein guter Ansatz, wenn man seit Wochen nichts redet. Wen wundert es, daß Sylvie antwortete: »Was geht das dich an?« Schon war ich am Ende, denn Sylvie schob sich an mir vorbei, ohne mich noch einmal anzusehen. Schöne Blamage. Und die Eifersucht konnte weiterbohren, denn Sylvie begrüßte Lars, und sie flüsterten miteinander. Ich dachte nur immerzu, daß sie gar nicht zusammenpassen: Kojak und Rapunzel, da wird keine Geschichte draus, darf keine Geschichte draus werden.

Die Atmosphäre war den ganzen Morgen gespannt. Alle warteten, daß etwas passierte. Aber als einziges kamen die Lehrer zu spät in die Klassen, und ein Staatsanwalt ging durchs Haus.

Im Fernsehen sind gestern abend Bilder von prügelnden Grünfräcken zu sehen gewesen. Mehrere Eltern verletzter Schüler haben vor Journalisten erklärt, die Polizeiaktion sei absolut überzogen gewesen. Das riesige Aufgebot an Beamten habe die Ausschreitungen nicht verhindert, sondern die Gewalt erst provoziert. Das stimmt in etwa mit den Äußerungen von Lehrern und Schülern überein, die wie ich die Straßenschlacht miterlebt haben. Zu klären bleibt die entscheidende Frage, warum und von wem der Demonstrationszug aufgehalten wurde, ehe die Steine flogen.

Es heißt, die Überschreitung der Verkehrsstraße sei nicht genehmigt gewesen und habe zur Sicherung der Gesamtbevölkerung sowie aus verfahrensrechtlichen Gründen verhindert werden müssen. Der Einsatzleiter der Polizei hat sich vor der Kamera sehr viel verbrämter ausgedrückt und behauptet, die Überquerung der Straße hätte das Leben unzähliger Kinder gefährdet. Aber es war deutlich, daß er in Wahrheit ganz anders denkt. Der Demonstrationszug der Schüler stellte in seinen Augen ganz klar ein *politisches* Risiko dar.

Einige Lodenmäntel vom Straßenrand bestätigten denn auch mit verbissenen Gesichtern, wie gewaltbereit sich der Zug durch lautstarkes Schreien von Kampfsprüchen in der Fußgängerzone gebärdet habe. Die meisten Schüler hätten sich sogar mit Tüchern vermummt und sie nicht nur über den Mund, sondern auch über die Nase bis hinauf zu den Augen gezogen. Was für ein Widersinn. Wer skandiert schon mit Wolle im Mund?

Aber solche Feinheiten tangierten die Lodensäcke nicht. Vermummung sei strafbar, beharrten sie. Die Polizei hätte vollkommen rechtens gehandelt, als sie die Protestaktion gewaltsam auflöste. Im übrigen ist kein einziger dieser schwatzhaften Mantelgestalten auf die Idee gekommen, wir könnten mit unseren Tüchern zwischendurch mal versucht haben, uns warm zu halten, weshalb man auch sonst im klirrenden Wonnemonat Januar dazu neigt, ein paar Wollsachen über die nackte Haut zu ziehen. Manche Herrschaften vermummen ihren Unterleib um diese Zeit mit kaftanhaften Lodenmänteln.

Aber sie mußten unbedingt weiterstänkern. Lehrer und Schüler, behaupteten sie, hätten nur auf einen Anlaß gewartet, die Gewalt eskalieren zu lassen. Jeder hätte das spüren können. Es sei ein Skandal, daß eine Schule den Unterricht ausfallen lasse, um ihren Kindern nichts Sinnvolleres beizubringen als Randale und Steinewerfen.

Im Hintergrund der Reportage sah man daraufhin die zwei geborstenen Schaufensterscheiben eines Kaufhauses. Der Gesamtschaden an Gebäuden belief sich nach Polizeiangaben auf ein paar läppische tausend Mark. Jeder Auffahrunfall ist teurer. Von den Behandlungskosten verletzter Schüler gar nicht zu reden.

In der Schule gehen unterschiedliche Zahlen über Verletzte herum. Der Schnitt lag heute morgen bei dreißig. Ein kleinerer Junge ist während des Rückzugs überrannt und mehrmals schlimm in den Bauch getreten worden. Er liegt noch im Krankenhaus, doch die Verletzungen sind zum Glück nicht gefährlich. Die übrigen Opfer sind alle wieder entlassen. Diagnostiziert wurden Platzwunden am Kopf, Gehirnerschütterungen, Prellungen am Körper und aufgeschlagene Knie. Hinzu kommen einige Arm- und Beinbrüche. Auch ein Lehrer ist angeschlagen gewesen und hat den Rest des gestrigen Tages im Krankenhaus verbracht. Die Eltern der verletzten Schüler klagen jetzt gegen die Polizei. Der nächste Prozeß läuft an.

Wer die Steine geworfen hat, ist aufgrund der Fernsehbilder nicht zu erkennen gewesen. Sicher ist, daß nur eine kleine Gruppe in der Mitte des Zugs mit der Aktion begonnen haben kann und daß die Betreffenden blitzschnell von der Masse anderer Schüler an der Randale gehindert worden sind. Deshalb die fehlenden Bilder.

Wenigstens im Fernsehen wurde die Umsicht der großen Mehrheit aller beteiligten Schüler betont. Die Aktion sei von den vielen friedlich Gesinnten wahrlich im Keim erstickt worden, so daß das gelegte Feuer nicht den Abenteuertrieb anderer Jugendlicher habe entfachen können. Immerhin sei die Fußgängerzone mit etlichen Gullis und einer dazugehörigen Kopfsteinumrandung bestückt. Es hätten also viele junge Leute nach Steinen pulen können, wenn sie die Lunte der Gewalt erst mal gerochen hätten. Lange sei aber bei der Schülerdemonstration alles geordnet und ruhig verlaufen. Allein mit dem Stoppen des Zugs habe die Polizei eine gefährliche Unruhe unter den jungen Leuten geschürt, die dann ein paar von den Demonstranten dazu verleitet habe, die Wurfgeschosse vor ihren Füßen tatsächlich zu gebrauchen. Mit diesen Worten kommentierte ein gewichtiger Fernsehmann das Jahrhundertereignis unserer Stadt.

Es ist natürlich von keinem Schüler zu erwarten, daß er die Täter jemals offen benennt. Auch von denen nicht, die die Steinewerfer aufgehalten haben. Sie werden es weder vor einer Fernsehkamera noch vor der Polizei oder dem Schuldirektor tun. Das ist sicher.

Aus verschiedenen Gründen ist es bei uns absolut tabu, Verrat zu üben. Vielleicht sogar aus einer grundsätzlichen Schülersolidarität heraus nach dem Motto: Ausliefern ist Mord. Aber diesmal spielt etwas ganz anderes mit. Jeder von uns weiß: Die Zombies aller Klassen vereinigen sich – bei Gefahr. Wer da noch Namen sagt, begeht Selbstmord.

Wir haben nur vermerkt, die Zombies in unserer Nähe waren

heute morgen alle viel nervöser als sonst. Sie haben sich zurückgehalten und vorsichtig umhergeblickt. Das hat uns genug gefreut. Heute war nichts von ihnen zu befürchten.

Ich hätte nicht mehr gedacht, daß Sylvie doch noch reden würde. Aber sie kam nach der letzten Stunde und hat eine Zigarette geschnorrt.

Mit dem Rauchen hatte ich angefangen, als mein Vater nachts nicht mehr nach Hause kam. Ich brauchte etwas, um mich dran festzuhalten.

Die Zombies haben es natürlich gleich mitgekriegt und bedienen sich seither bei mir. Wenn ich keine Zigaretten dabei habe, drehen mir Tom und Jan seit Oktober bloß noch die Arme auf den Rücken und fragen, ob ich wieder meine Peepshow zeigen will. Wir könnten ja mal zur Ruine gehen. Ich bin nicht interessiert und spiele meine Lieber-kleiner-Junge-Nummer. Was allerdings bedeutet, daß meine Kasse ständig unterwandert wird. Ich hab mir Nachschub geholt, als mein Vater letztens zweimal nach Hause kam, um ein paar Sachen abzuholen. Aber auch dieses Geld ist bereits verraucht. Selber paff ich schon gar nicht mehr, um das Loch nicht noch tiefer zu reißen.

Sylvie benutzt mich nicht regelmäßig wie die andern, doch dann und wann, wenn sie es ohne Tabak nicht aushält. Und Sylvie fragt immerhin, hält nicht die Hand bloß auf und stößt mich schnell in eine Ecke. Wenn man will, kann man sich damit trösten. Klar, daß ich will, aber der Magermix stottert. Im Grunde genommen weiß ich doch, weshalb sie kommt. Jedenfalls nicht, weil sie mich liebt. Wir reden doch gar nicht mehr miteinander, außer um Zigaretten.

Aber heute waren die Zigaretten ein Vorwand. Ich hab es sofort gespürt. Wenn man es schaffte, müßte man ganz gezielt auf solche Situationen zuarbeiten. Doch ich fürchte, das ist nicht mein Ding. Heute morgen hab ich noch gar nicht gewußt, was ich tat. Heute mittag hätte ich Sylvie packen und danach mit meinem gewonnenen Wissen erpressen können. Aber mach das mal, wenn es so auf dich zukommt.

Ich hielt ihr wie immer die Zigarette hin. Sylvie nahm sie und blieb vor mir stehen, zündete sie an und wartete.

Ich wurde nervös, weil ich dachte: Gleich kommen ihre Zombies und schlagen mich kurz und klein wegen der Frage heut morgen.

»Was ist?« murmelte ich.

Sie scharrte mit den Spitzen ihrer Boots im Boden. Noch immer redete sie nichts. Dann sagte sie:

»Warum hast du vorhin gefragt, wo ich gestern gewesen bin in der Demo? Ich will wissen, warum du das fragst.«

Ich hätte mich ohrfeigen können, daß ich so plump vorgegangen war. Aber was hätte ich tun sollen? Ich mußte doch wissen, ob sie mit Lars unter einer Decke steckte. Nur daß ich es gleichzeitig verhindern wollte, war etwas viel. Doch ich ertrug es eben nicht, wie Graf Zombie sie mit seiner Gewaltverherrlichung beeinflußte. Vielleicht war Sylvie ihm sogar schon hörig. Vielleicht imponierten ihr seine Auftritte? Wieso war sie sonst bei der Peepshow, zu der mich sein King-Kong-Clan genötigt hatte, dabei? Was wollte Sylvie bei so was? Wenn ich das wüßte.

Während ich all dies dachte, verging die Zeit.

»Los«, sagte Sylvie. »Spuck's schon aus. Ich warte.«

Ich stand an der Wand. Sie ließ mir keinen Ausweg. Ich mußte reden, auch wenn dadurch alles noch schlimmer wurde. Wenn es erst mal so weit ist, dann ist alles egal. Nichts mehr zu retten. Einen Moment war ich bereit, alles aufzugeben.

»Ich denke, du warst bei denen, die die Steine geworfen haben.«

»Du denkst?«

»Ja. Und wenn ich Glück hab, erzählst du mir gleich das Gegenteil.«

»Wieso, wenn du Glück hast? Kann dir doch egal sein.«

»Ist es mir aber nicht.«

»Warum? Bin ich dir Rechenschaft schuldig oder was? Ich glaub, du spinnst! Meinst du, *ich* brauche *deinen* Rat, ob man mit Steinen werfen darf, du Hosenscheißer? Nein danke, wirklich nicht. Ich hab schon Eltern! Die reichen mir!«

Sylvie reagierte absolut überzogen. Doch merkwürdigerweise blieb ich kühl.

»Warum regst du dich auf?«

»Du regst mich auf!«

»Tu ich das?«

»Ja!«

»Warum? Meinst du, ich räch mich?«

»Wofür?«

Ich antwortete nicht.

Sylvie nahm einen Zug von meiner Zigarette, schnippte die Asche weg, sah mich an und blies mir den Rauch ins Gesicht.

»Spießer. Du kannst mich... Träum schön brav weiter, Mozart.«

Ich war mit dem Rauch beschäftigt. Mir tränten die Augen, als ob ich flennte. Ich konnte nichts dagegen tun. Rieb mir die Augen aus und hielt dazu den Kopf gebeugt, was nur den Eindruck, daß ich wirklich heulte, verstärkte. Es dauerte eine Weile, bis ich mich wieder aufrichtete und halbwegs durch die Pupillen schielen konnte.

Das erste, was ich sah, war nicht Sylvie, sondern eine Gestalt auf der anderen Seite der Straße. Ich fing schon wieder an zu blinzeln. Und trotzdem wußte ich: Die Person, die dort mit schnellen Schritten an der Backsteinfront des Finanzamts entlangging und nicht herübersah, war Kim. Sie hatte uns gesehen. Niemand guckt derart lang beim Gehen grundlos eine Mauer an.

Sylvie lachte. »Deine Rache, von der du träumst, käm dich teuer zu stehen. Ich warne dich.«

Sie sagte es mitten in meine verwirrten Gedanken hinein.

Ich hörte nicht mehr richtig zu. Ich dachte nur, daß Kim und ich uns seit gestern im Bistro nicht mehr gesehen hatten. Ich schämte mich, weil ich den ganzen Vormittag in der Klasse geblieben war, um Sylvie zu beobachten. Ich hatte nicht einmal an Kim gedacht. Immer nur an Sylvie. Wie verblendet war ich eigentlich?

Plötzlich lief alles in meinem Kopf durcheinander. Der größere Teil der Gehirnzellen demonstrierte in meinem Schädel für Kim, ein spärliches Trüppchen ließ solche neuen Moden freier Meinungsäußerung nicht zu. Ich spielte Polizei und prügelte die beiden Gruppen auseinander, um Ruhe und Ordnung wiederherzustellen. Aber ein schwarzes Schild mit drei gelben Buchstaben drauf kriegte ich einfach nicht unter. KIM sagte das Schild.

Ich war verwirrt. Total zerschlagen. Und dann tat ich etwas, wozu ich nie geglaubt hätte, fähig zu sein. Ich riß mich von Sylvie los und rannte über die Straße. Unter den Augen von Sylvie. Wenn ich nur wüßte, was daraus noch wird?

Elendes Chaos. Was soll ich tun? Am besten nie mehr handeln. Es macht nur alles schlimmer. Ich sehe doch: Mir ist die Rolle eines schweigenden Beobachters auf meinen nackten Leib geschrieben, und meine subversiven Kräfte hab ich darin längst zur Perfektion gebracht. Nur bloß nicht handeln. Nicht reagieren. Alles geschehen lassen und den toten Hasen spielen.

Mein Gespräch mit Kim war nicht ergiebig. Sie war nicht sehr gesprächig nach meinem Hundertmetersprint. Obwohl ich ihr immer wieder versichert habe, daß zwischen Sylvie und mir nichts läuft.

Und wozu hab ich meinen Auftritt bei Sylvie veranstaltet? Um so einen gewagten Abtritt zu inszenieren? Bestimmt nicht. Alles ist in die Hose gegangen. Und wozu? Um mich selber zum Affen zu machen? Ich muß doch wissen, was ich will. Aber ich weiß es nicht. Gar nichts weiß ich.

Irgendwie ist Sylvie für mich immer noch die, der ich auf dem vierzigsten Geburtstag meines Vaters sagen wollte, daß ich sie liebe. Und zugleich weiß ich, sie ist es schon lange nicht mehr. Und da liegt der Hase im Pfeffer. Genauso wie der scharfe Lars. Schon bei dem Gedanken an ihn krieg ich einen Juckreiz in der Nase. Lars darf nicht sein. So einfach ist das.

Gar nichts ist einfach. Lars ist nämlich da. Und *ich* muß in meinen Kopf *rein*kriegen, warum das so ist. Vielleicht hilft, wenn ich alles zusammenschreibe, was ich über Sylvie weiß, zumindest das aus den letzten eineinhalb Jahren. Ich muß ja bloß die Eintragungen in meinem Computer filtern. Leider steht soviel anderer Kram dazwischen, der mit ihr gar nichts zu tun hat, aber die Sicht verstellt.

Am besten, ich fange gleich an, mein Dossier über Sylvie zusammenzutragen. Bruchstücke sammeln. Das paßt doch gut zu meiner stillen Handlungsweise. Mal abwarten, könnte ja eine abendfüllende Beschäftigung werden. Möglicherweise vergeß ich dabei sogar diesen vergeigten Tag.

SYLVIE-DOSSIER

Eintrag August:
Sylvie seit den Sommerferien verändert. Weicht mir aus. Irgendwas ist passiert. Informationen nicht wasserdicht, kommen aus dritter Hand: Sylvies Eltern nach Urlaub bei meinen. Getratsche bei vier Flaschen Wein (Mitbringsel). Komme zu spät zum Mithören, aber die Urlaubsfotos liegen noch rum. Sehe darauf einen Mann Mitte dreißig, groß, dunkel, mit breiten Schultern. Anderes Foto: Sylvie Arm in Arm mit dem Mann, oben ohne. Drittes Foto: Großes Geküsse, wieder halbnackt.

Wer ist der Mann? Kann's mir denken. Muß meine Mutter anbohren zwecks Bestätigung. Mutter sagt nach viel Hin und Her: Zwischen den beiden war was. Scheiße. Versteh, was sie meint. Wär lieber selber derjenige, welcher gewesen.

Mist. War bloß so schwer, es Sylvie zu sagen. Wie denn? Kennen uns schon zu lang. Als Spielzeug taugen unsre Körper nicht mehr. Sylvies Brüste zum ersten Mal auf dem Foto gesehen. Vor mir selbst zeigt sie sie längst nicht mehr nackt. Hält sich T-Shirt oder ein Handtuch hin, wenn ich komme und sie im Liegestuhl liegt.

Meine Mutter sieht, daß ich an dem fremden Mann zu knabbern habe. Versucht zu trösten: Ist ja vorbei. Hat Sylvie sitzenlassen und gleich eine andere gehabt. Arschloch!

Noch ein Eintrag, Ende August:
Geburtstagsparty meines Vaters. Sobald Sylvie erscheint, will ich ihr endlich sagen, daß ich sie liebe. Aber es kommt nicht dazu.

Sylvie redet verworrenes Zeug. Fragt, ob ich ein Feuerwerk vorbereitet habe. Absurd. Wieso das denn? Will den Pavillon in die Luft sprengen. Versteh sie nicht. Denkt dauernd an Krawall. Und läßt mich stehen. Kippt sich danach Champagner in ihr T-Shirt. Die Männer gucken. Ich auch: Zum ersten Mal live Sylvies Brüste. Ist völlig besoffen. Der Knalleffekt verpufft. Nur das Wort Liebe hat sich auf einmal verändert.

Eintrag September:
Geburtstagsparty verraucht. Auch Sylvies Kater. Machen Mathe zusammen, bei ihr im Zimmer. Keiner von ihren Leuten zu Hause. Gelegenheit, aber Sylvie auf hundertachtzig.

Flucht über ihre Eltern, sagt: Könnte vor ihren Augen drei Männer vernaschen. Na und? Keiner sagt was. Keiner bewahrt mich davor. Sind für die freie Liebe. Aber was heißt denn bei ihnen Liebe? Sind eisig. Durch und durch kalt. Gefrierfach für so etwas wie ein Gefühl. Ich hab's satt. Mein Vater stülpt sich abends bloß Kopfhörer über die Ohren. Drunter ist er auf einmal die halbe Nacht voll Gefühl. Schöner Wichser. Ist ihm egal, was *ich* mache. Egal auch, was Mama macht. Aber die ist selbst nicht viel besser. Nimm's nicht so schwer! ist das einzige, was sie zu sagen weiß. Genieß deine Jugend. Gebrabbel. Und wenn etwas schiefgeht bei mir: Ist doch nicht schlimm. Alles in ihren Augen bloß Zeitvertreib.

Eintrag Oktober:
Sylvie bei mir. Das letzte Mal liegt ganz schön weit zurück. Unsere gegenseitigen Visiten immer seltener. Plötzlich Lucifer entdeckt und stundenlang im Terrarium betrachtet. Frag sie, seit wann sie sich für Echsen interessiert. War früher nie ihr Fall. Ist jetzt wohl auch nicht anders. Sie hat total vergessen, daß Lucifer in meinem Zimmer wohnt. Nicht gerade schmeichelhaft für ihn. Stört Sylvie aber nicht.

In ihren Augen blitzt es. Lucifer muß sie an was erinnern. Sie fragt: Leihst du ihn mir? – Wozu? – Für meine Eltern.

Sylvie redet danach lang und breit von einer angeblichen Echsenphobie, die ihre Eltern haben. Daß sie im Urlaub nächtelang nicht schlafen konnten, weil sich ein Gecko in ihr Zimmer eingeschlichen hatte und grünlich-bleich unter der Decke hing. Direkt überm Bett. Die Folge: helle Panik.

Sylvie sagt: Würd's noch weiter treiben. Ihnen Lucifer ins Bettzeug stecken. Gäb doch den idealen Trip. Der helle Wahnsinn. Die würden auf der Stelle aus der Wohnung rennen. Dann Tür zu. Fertig. Raus. Ich ließ sie nie mehr rein, das schwör ich.

Geb ihr trotzdem Lucifer nicht her. Nachts ist er sowieso ganz starr.

Eintrag November:
Sylvie hat urplötzlich Denisa aus Rumänien angemacht. Soll bloß endlich weiterziehn in ihrem Pferdewagen. Den habe sie doch bestimmt noch im Hinterhof. Hier sei kein Platz für stinkige Knoblauch-Zigeuner mit Rüschenbluse.

Denisa gehört gar nicht zu den Sinti, und nach Knoblauch riecht sie auch fast nie. Sie ist Aussiedlerin. In Bukarest war es verboten, Deutsch zu sprechen. Die Eltern haben sich dran gehalten. Hatten Angst, deshalb kann sie's jetzt nicht.

Denisa hat genau das die ganze Zeit gesagt. Versucht zu sagen. Sylvie hat aber immer wiederholt: Du mußt Deutsch mit mir reden, ich versteh dich nicht! Und dabei laut gelacht.

Denisa hat geheult. Und dann die Wut gekriegt. Mit aller Kraft auf Sylvie los. Doch keine Chance. Ist viel zu klein. Sylvie braucht nur den Arm zu strecken. Hat sie bloß am Revers gepackt und dann mit einem Ruck die weiße Rüschenbluse aufgerissen. Die Knöpfe sprangen. War aber nicht sehr viel zu sehn. Denisa trägt noch Unterhemden. Doch wie sie nun mal ist: Hat sich trotzdem geschämt.

Danach war Ruhe. Die meisten von uns schwer geschockt. Sylvies Zigeunersprüche dennoch alle für uns behalten. Waren zwar übel und völlig unverschämt. Aber schon deshalb ganz ungewohnt bei Sylvie. Hat sonst nie rechte Sprüche drauf. Wir dachten, sie hat einfach abgehoben. Passiert schon mal. Muß man ganz schnell vergessen.

Denisa hat auch alles weggesteckt. Weder Lehrern noch zu Hause was gesagt. Gottseidank. Hätt sonst übel werden können für Sylvie. Denisa hat sogar die Knöpfe selber an die Bluse wieder angenäht. So ist sie eben. Glück gehabt.

Eintrag Dezember:
Meine Mutter mit bleichem Gesicht. Ist völlig aus dem Häuschen. Dabei ist das, was sie erzählt, nicht ihr passiert. Sondern

Sylvies Eltern. Von denen hat sie auch die Story. Totale Telefonseelsorge, meine Mutter. Zwei Tage nach Weihnachten sind abends hundert Kanonenschläge bei Sylvies Eltern explodiert. In Miniabstand einer nach dem andern. Wie Krieg das Ganze. Direkt vorm Wohnzimmer. Auf der Terrasse. Alle Silvesterböller hingen an einer einzigen Zündschnur dran.

Und Sylvie? frag ich. War zum Glück nicht zu Hause! sagt meine Mutter. Das arme Kind. Der wär ja das Herz stehngeblieben.

Seh Sylvies Vater Mozart hören. Dann reißt er sich entsetzt die Hörer vom Kopf. Nicht schlecht, der Trick. Sylvies Eltern werden noch in der Silvesternacht auf dieses Rauschen in den Ohren lauschen.

Eintrag Januar:
Sylvie jetzt öfter mit einem Kerl zusammen, der auch bei Schnee und Eis Motorrad fährt. Ist nicht von unsrer Schule. Wahrscheinlich bin ich ungerecht. Ich hasse ihn. Die Vorstellung, daß dieser Macho ihre Haut berührt, bringt mich fast um. Trägt schwarze Lederkluft. Kaut Kaugummi. Und steht auf Blond. Hat selber lange, blonde Haare. Ein Rockertyp. Echt schwerer Junge. Führt sich groß auf. Und knattert mit dem Auspuff. An seinem rechten Haken möchte ich nicht kleben.

Eintrag Ende Februar:
Muß unbedingt mit jemandem reden. Kann mir nur Sylvie vorstellen. Wen sonst? Bin fix und fertig. Ist zwar in letzter Zeit nicht mehr viel zwischen uns, aber trotzdem. Meine Mutter und ich haben rausgekriegt, daß mein Vater eine Freundin hat. Unfaßbar.

Sylvie lacht: Und deine Mutter läßt sich scheiden? Sie ist begeistert. Will wissen, ob sie schon beim Anwalt war. Bewundert meine Mutter. Weil die Gefühle zeigt, sagt sie.

Und dann: Bei meinen Eltern wär so eine Reaktion nicht drin. Die haben sich in Sachen Liebe arrangiert. Jeder hat einen andern Partner. Und beide wissen es. Sogar auch, wer es ist. Jeder kennt den andern. Und beide tun dagegen nichts. Für sie ist alles kein Problem. Man muß das Leben nehmen, wie es ist. Sprechblasen. Kein bißchen Wut. Kein bißchen Eifersucht. Und wenn sie irgendwo zusammen hingehn: das traute Paar. Immer schön lächeln. Küßchen geben. Total verlogen. Und innen drin total erkaltet.

Eintrag März:
Sylvie hat sämtliche Reifen beider Autos ihrer Eltern platt gestochen. Und dummerweise Spuren hinterlassen. Eltern sind sauer. Haben wieder mal die Telefonseelsorge meiner Mutter an die Strippe geholt.

Mutter fragt mich: Weißt du, was mit Sylvie los ist? Ich zucke die Schultern. Will nicht, daß meine Mutter Sylvies Verhältnisse telefonisch klärt. Ist nicht am Telefon zu bereden. Sylvies Eltern sollen selber draufkommen. Sind ja auch selber daran schuld.

Eintrag April:
Noch etwas in der Reifensache. Und wieder von meiner Mutter. In einem Nebensatz erwähnt sie: Das schlimmste, meinen ihre Eltern, was Sylvie ihnen antun konnte, war diese sinnlose Gewalt. Gewalt ist so abstoßend. So brutal und böse. Stimmt.

Aber auf einmal wird mir klar: Sylvie hat ihre Spuren in der Garage ganz bewußt gelegt. Zum allerersten Mal. Der Härtetest. Gewalt schockt ihre Eltern. Totaler Horror. Mit einem sinnlosen Akt von Gewalt kann Sylvie sie endlich provozieren. In diesem Fall ist die Gewalt noch nicht mal wirklich sinnlos. Sylvies Eltern *müssen* plötzlich auf den Stühlen stehn und schreien. Und darum geht es.

Eintrag Mai:
Schon wieder Denisa. Sylvie stellt ihr ein Bein. Denisa stürzt plötzlich die Schultreppe runter. Muß ab ins Krankenhaus. Kopfwunde. Blutet ziemlich.

Wieso mischt Lars sich ein? Der Oberzombie. Behauptet, Denisa hätt sich fallen *lassen*. Was bezweckt er damit? Jeder weiß, daß *er* alle Ausländer haßt. Auch Yürük und Hassan zum Beispiel, die beiden Türken in unserem Leistungskurs, obwohl die schon ewig in Deutschland sind. Ist Lars völlig gleich. Fängt ständig Streit mit ihnen an, oder richtiger gesagt: Er hetzt seine Vasallen auf sie. Schäbiger Typ.

Sylvie ist »nur« gegen Denisa. Irgendwas hat mal den Ausschlag gegeben. Geht ja schon lange so. Frag mich bloß, was das war. Daß Denisa nicht richtig Deutsch spricht, hängt sicherlich damit zusammen. Aber warum? Sylvie handelt doch sonst nicht so. Krieg es immer noch nicht auf die Reihe.

Schlag mir plötzlich vor den Kopf, während ich's schreibe: Jetzt weiß ich es. Oh, Mann. Sylvie braucht inzwischen überall die totale Provokation. Auch in der Klasse. Und zwar die absolute Schocktherapie. Sie kann nicht mehr anders. Lieber Feindschaft als Gleichgültigkeit. Sie legt es drauf an. Sollen die andern sie ruhig hassen!

Die absolute Provokation ist natürlich für alle, wenn Sylvie eine Rumänin haßt. Eine, die nicht von hier ist. Fremdenhaß schockiert jeden von uns. Sagen wir, bis auf die echten Zombies. Von denen rede ich nicht.

Sylvie weiß das. Und weiß auch, wie ihre Eltern drauf reagieren. Dagegen sind zerstochene Autoreifen ein Pups. Im wahrsten Sinne des Wortes. Nichts als ein harmloser Mädchenstreich. Aber jetzt geht's zur Sache. Totale Schockierung. Und Heulen und Zähneklappern. Unser Kind, unser Kind!

Lars begreift davon nichts. Wenn er Denisa beschuldigt, *nimmt* er doch Sylvie die Provokation. Aber sein Zombiegeist sagt ihm, er soll ihr ein Alibi geben, das keiner glaubt. Dann steht und fällt sie mit seinem Schutz. Keiner wird ihm widersprechen. Keiner wird gegen Sylvie sprechen, solange er will. Mit Lars legt sich niemand an. Und er hat sie dadurch, denkt er, in seiner Hand. Auf seiner Seite. Bei seinen Zombies und Fremdenhassern. Den echten Fremdenhassern. Idiot!

Eintrag Juni:
Sylvie im Krankenhaus. Alles schiefgegangen bei ihr. Hab ich's nicht gleich gesagt? Der Motorradtyp hat sich verabschiedet. Abgekühlte Gefühle, nehme ich an, so wie der Macho aussieht. Und die Sache mit Denisa? Ist nie bei Sylvies Eltern gelandet. Die Lehrer haben der Zombie-Version von Lars geglaubt und Sylvie bloß leicht verwarnt. Verlogene Gesellschaft. Denisa sucht, sagen die Lehrer, manchmal mit ihrem Verhalten Mitleid und Aufmerksamkeit. Die wollen sich nur nicht einmischen, weil sie selber Angst haben vor der Gewalt.

Sylvie hat versucht, sich die Pulsadern aufzuschneiden. Aus Liebe, sagt ihre Mutter zu meiner. So ein wilder, ungestümer Mann und unsere kleine Sylvie. Aber kein Freund ist so viel wert, daß man sich gleich das Leben nimmt. Sie muß es ja wissen. Schäbige Tröstungsversuche, mit denen sie plötzlich Stunden zubringt an Sylvies Bett.

Ich bin nicht zugelassen. Sylvie will keinen aus unserer Schule sehen.

Eintrag Juli:
Sylvie aus dem Krankenhaus entlassen. Lehnt es ab, mit in Urlaub zu fahren. Und ihre Eltern können sie doch nach dem, was im letzten Monat passiert ist, nicht einfach allein zu Hause lassen. Sylvie hat einen winzig kleinen Triumph: Keiner kann weg. Ihretwegen.

Weil aber niemand verstünde, wenn jetzt auch noch ich

wegen Sylvie die Ferien quittiere, fahr ich mit meiner Mutter, als wär nichts, zur Oma aufs Land. Sylvie seh ich sechs Wochen nicht mehr. Hab ein beschissen mieses Gefühl. Absolut schlechtes Gewissen. Mensch, Sylvie! Was soll ich bloß machen? Verdammt!

Eintrag August:
Schule fängt wieder an. Sylvie ist da wie immer. Aber plötzlich bringt sie was Neues. Versteh nicht, was sie mit dieser Attacke bezweckt. Hat ein paar Fotos dabei: Denisa am Baggersee. Zeigt sie herum im Kurs. Jedem, der sie nur sehen will. Was hat sie davon? Und woher hat sie die Bilder? Selber gemacht? Kann ich nicht glauben. Aber ich glaub schon fast alles.

Das erste Foto: Denisa mit einem Jungen, der versucht, ihr den Bikini zu öffnen. Denisa scheint nicht zu wollen, sie wehrt sich. Großes Grinsen unter den Schülern. Das nächste Foto: Denisa mit flachen Brüsten. Nichts dran. Nur daß sie nackt sind. Und jeder sie sieht. Auf dem dritten Foto: wieder mit Macker. Er hat ihre kleinen Brüste in seinen Händen versteckt. Sie sieht fast so aus wie ein Kind. Alle um Sylvie herum prusten. Denisa läuft aus dem Klassenzimmer und heult.

Eintrag September:
Sylvie redet mit mir. Kommt in der Pause und schwenkt ihre blonden Haare, die ich noch immer bewundre. Sylvies Haare sind wirklich das größte. Könnte immerzu hinschauen. Am liebsten nach ihnen greifen.

Sie bietet mir unverblümt an, mit ihr zu schlafen. Was soll das schon wieder? Ich glaub, ich rotiere. Wieso kommt sie auf einmal damit? Warum jetzt? Warum heute? Ich bin doch kein Spielzeug. Ich will nicht! Ich will nicht! Ich kann nicht! Selbst wenn ich's wollte. Seit mein Vater weg ist, ist alles anders.

Und Sylvie ist auch ganz anders. Obwohl ich noch immer fast

jede Nacht an sie denke! Ja, ich denke an Sylvie. Und ich wünsch mir, es wär alles anders. Verdammte Scheiße! Sylvie und diese ganze Geschichte mit der Gewalt. Alles ist völlig kaputtgeschlagen. Alles ist völlig zerstört.

Vielleicht war auch das Angebot wieder nur eine von Sylvies Provokationen?!

Eintrag Oktober:
Sylvie dabei, als mich die Zombies entführen. Jetzt sieht sie mich also doch noch nackt. Schöne Genugtuung? Ich schäme mich. Wieso ist sie überhaupt da? Ausgerechnet bei diesem schäbigen Vorkauer Lars? Was will sie in seinem Dunstkreis?

Und wieso bringt sie mir später Hose und Boots? Wieso hilft sie mir aus der Patsche? Nur um mich zu demütigen? Oder um noch einmal meinen nackten Penis zu sehen?

Oder wollte sie etwa immer noch mit mir schlafen? Warum? Warum? Und ausgerechnet in dieser eiskalten Ruine?

Hab sie zum Teufel gejagt.

Eintrag November:
Sylvie mit Lars gesehen. Schande!

Meine eigenen Begegnungen mit ihr nur noch wegen der Zigaretten. Dabei reden wir fast kein Wort mehr zusammen. Genauso wie meine Eltern, jetzt nach der Scheidung. Gucken uns höchstens verstohlen an.

Eintrag Dezember:
Lars! Lars! Ich hasse ihn wegen Sylvie. Er ist so ein Schwein.

Heimarbeit

Meine Eltern sind jetzt seit einem knappen Vierteljahr geschieden. Und meine Mutter versucht sich seither in Arbeit zu stürzen. Das klingt, als ob sie vorher bloß faul herumgesessen hätte. So kann man das natürlich nicht stehenlassen. Denn ihr Übersetzungsbüro hat sie ja schließlich schon immer gehabt. Länger als ich überhaupt denken kann.

Wenn man es genau bedenkt, basierte sogar die Beziehung zu meinem Vater auf diesem Büro. Irgendwie ist das überhaupt nicht vorstellbar: Meine Eltern lernen sich kennen, weil mein Vater versuchsweise einen Auftrag an eine freie Übersetzerin außerhalb der Firma, in der er arbeitet, vergeben will. Nachdem dann die große Liebe ausgebrochen ist, empfiehlt er meine Mutter in seiner Begeisterung überallhin, und die Empfehlungen pflanzen sich fort, weil sie gute Arbeit leistet und schnell und zuverlässig ist. Als sie geheiratet hat, sagt meine Mutter, war das Büro ein florierendes Geschäft, und erst, als ich auf die Welt kam, hat sie die Arbeit reduziert, weil sie mehr Zeit für mich haben wollte.

Heute will sie meinen Vater vergessen und werkelt deshalb von morgens bis spät in die Nacht versteckt hinter Wörterbüchern und Lexika am Computer. Mignon, unsere Katze, genießt die langen, schweigsamen Gedankengänge meiner Mutter, die die vielen Streits und Ehekräche des vergangenen Jahrs und das schreckliche Chaos am Schluß abgelöst haben, das mit Möbeln,

Koffern und Kisten auf Treppen und Fluren entstand, als mein Vater auszog.

Mignon schläft zwischen den Büchern auf dem großen Arbeitstisch und lauscht dem konstanten Rauschen des Computers und dem beständigen Klacken der Tasten, die meine Mutter bedient. Unsere Katze liebt diese monotone Art von Musik.

Mit Mignon will ich es lieber nicht aufnehmen, was ihr Schlafen betrifft. Katzen sind unersättliche Schläfer und Träumer. Aber ehrlich gesagt zieht auch mich in der letzten Zeit diese Ruhe im Haus, die jeden Winkel bei uns erfüllt, magisch in ihren Bann. Ich sitze dann reglos in meinem Zimmer im Obergeschoß vor dem PC und sinniere endlos über mein Leben.

Mein Leben? Gibt es das eigentlich? Oder habe ich die meiste Zeit immer nur auf die Leben anderer Menschen reagiert? Habe ich jemals schon etwas für mich entschieden? Was hab ich denn wirklich den letzten eineinhalb Jahren von mir aus hinzugefügt, außer einen unfreiwilligen Strip und ein Plakat mit der Aufschrift *Schlechte Baumeister haben in zu kleinen Räumen gelernt*, das in einer Straßenschlacht zertrampelt wurde?

Und ich schwimme davon durch die häusliche Stille und sehe auf einmal meinen Vater. Er wird von einer schleimigen Nixe umkreist, die ihn in die Tiefe ihrer Wasserhöhle lockt, um ihn dort unten wie eine Kannibalin genüßlich zu verspeisen. Er aber ist schon erstickt, weil sie ihm keine Luft gelassen hat, um zu atmen.

Vielleicht hätte ich mit meinem Vater reden und ihn vor den Gefahren der Tiefsee warnen sollen. Aber irgendwie ist das ein kindischer Gedanke, denn ich hatte ja bis zu seinem Abgang selbst nur in relativ flachen Gewässern gepaddelt und von den dunklen Tiefen der Wirklichkeit keine Ahnung gehabt.

Vielleicht hätte ich ihm sagen sollen, daß *ich* es bin, der ohne ihn ertrinkt, weil eine andere, blonde Meerjungfrau gewaltsam

Wellen schlägt, an denen ich mich schon im flachen Wasser verschluckt hab. Wie soll das nur weitergehen? Immer tiefer wird die See, in die ich eintauche, und mein Vater ist weg. Ich paddele hilflos mit meinen Armen, aber es zieht mich nur weiter hinaus in unendliche Dimensionen der Ferne. Und ich spüre, das Meer ist so groß wie das Weltall. Wenn ich hinabtauche, verschlingt mich ein schwarzes Loch.

Um mich aus solchen Gedanken zurückzuholen, setze ich manchmal den Kopfhörer auf und spiele wieder das Divertimento von Mozart, das mich trotz aller Belastung durch Sylvies Sekttaufe und meine Peepshow immer an den vierzigsten Geburtstag meines Vaters erinnert, als ich noch glaubte, daß alle Möglichkeiten des Lebens offen stünden und ich nur sagen müßte *Ich liebe dich!*, um der Erde einen anderen Drall zu geben, daß sie nicht ihrem vorbestimmten Schicksal nachlief, sondern Tage und Nächte erschuf, wie sie sie selber liebte.

Auch jetzt höre ich gerade das Divertimento, und zwar das Menuett des dritten Satzes, dessen Thema von einer seltsamen Bewegung bestimmt wird, die, viele Male wiederholt, sich jedesmal schnell aus der Schwere und Langsamkeit der ersten Töne befreit und sie sogleich vergessen macht, um danach nur noch hell und leicht und spielerisch zu sein. Die Bewegung fasziniert mich. Ich möchte sie immer wieder aufsteigen hören, mich selber aufschwingen mit ihr und hinausfliegen aus meinem Zimmer.

Ich drücke die Replay-Taste. Jetzt spielt der dritte Satz immer wieder von vorn, während ich schreibe. Es tut mir gut, wieder an der Wasseroberfläche zu schwimmen und nicht in den Tiefen meiner Gedanken zu versinken, sondern bloß der Musik nachzulauschen, nichts zu vermissen, einfach nur am Tisch zu sitzen, ein- und auszuatmen und das, woran ich denke, dem Bildschirm vor meinen Augen anzuvertrauen.

Einfach. Was für ein schönes Wort, das in meiner Vorstellung zu einem Gedicht gehört. Wohl oder übel muß ich erst mal meinen Schreibfluß bremsen und in der Tischschublade nach dem *wahren* Kunstwerk schauen, bevor ich den PC zu weiteren halbliterarischen Ergüssen über mein Leben animiere. Sauber und ungeknickt verwahrt finde ich die Speisekarte aus dem Bistro, drehe sie um und lese, was ich schon auswendig kann.

Gerade beginnt die Musik von vorn, und ich seh mich mit Kim an dem Marmortisch sitzen, aber es ist wie in einem Werbefilm für frischen Atem: Auf einmal steht der Tisch im Freien. Die Sonne scheint, und der Milchkaffee hat sich in Wein verwandelt und steht purpurfarben wie Blut in unseren Gläsern. Immer mehr Einzelheiten erscheinen im Bild, und ich schaue es lange an, ehe sich ein Gedanke in meinem Kopf löst.

Wieder beginnt die Musik von vorn, und ich denke mir, wie es gewesen wäre, wenn ich mich weder von meinem Vater und seiner Geliebten noch von Sylvie und Lars hätte festhalten und in den Strudel ihrer Geschichten zurückziehen lassen, sondern sofort, noch am Tisch, ehe wir aufstanden, Kim gefragt hätte, wann wir uns wiedersehen könnten. Und ich stelle mir vor, unser nächstes Zusammentreffen wär schön und einfach gewesen. Es gibt vieles, was ich mir vorstellen kann, bis auf eines, das ich noch nicht weiß.

Wieder beginnt die Musik von vorn, und ich überlege mir, wie es sein würde, Kim zu küssen...

Ich habe nicht weiterschreiben können, weil meine Mutter hereingekommen ist und die Stoptaste am CD-Player gedrückt hat, als ich nicht reagierte. Steilflug aus himmlischen Höhen. Ich mußte an Tom denken, wie er das Kopfhörerkabel aus meiner Stereoanlage riß, und sofort war alles wieder da – die ganze Schäbigkeit und Brutalität, mit der die Zombies meine Peepshow in der vertrackten Schulruine erzwangen, bei der ausgerechnet Sylvie wie ein geiler Voyeur zugucken wollte.

Aber das war nur der Beginn der abendlichen Wendung, die in einer Bruchlandung endete, von der ich mich immer noch nicht erhole. Ich *kann* gar nicht da wieder anfangen, wo ich vorhin aufgehört hab zu schreiben.

Meine Mutter hatte das Abendbrot vorbereitet, und wir setzten uns im Eßzimmer an den gedeckten Tisch. Sie gibt sich viel Mühe, die Formen zu wahren und nicht bloß in der Küche schnell aus dem Kühlschrank aufzutischen, was da ist. Sie will unbedingt vermeiden, daß unser zerstörtes Familienleben spürbar bleibt, und bestätigt sich deshalb mit sämtlichen ihr zur Verfügung stehenden Mitteln, daß alles auch ohne meinen Vater geht.

Wir saßen also still vor unsern Tellern, und ich fragte mich, worüber wir reden sollten. Auch wenn das Zombie-Thema von neuem wie eine Filmspule langsam in meinen Gedanken kreiste: Die Peepshow war wirklich nicht freigegeben für meine Mutter.

Doch ehe ich mich auf etwas Jugendfreieres besonnen hatte, sagte sie überraschend: »Warum gehst du nicht wieder mal raus?«

»Wohin denn?« fragte ich.

»Keine Ahnung, wo ihr euch trefft, aber Treffpunkte gibt es bestimmt genug in der Stadt. Und junge Leute in deinem Alter wohl auch.« Sie lachte.

Ich war mir anfangs nicht sicher, ob sie Jungen oder Mädchen meinte, mit denen ich mich treffen sollte. Irgendwie hatte ich das Gefühl, sie ging von Jungen aus. Sofort tauchten wieder Bilder von Zombie & Partner auf.

Ich zuckte die Schultern. »Bei dem Wetter?« fügte ich ablehnend hinzu.

Draußen war es grau in grau und naßkalt.

»Na und?« antwortete sie. Augenscheinlich war sie heute kein bißchen besorgt um meine Gesundheit.

»Warum gehst du nicht selber?« fragte ich sarkastisch zurück.

Meine Mutter schwieg.

Dann sagte sie plötzlich: »Wie geht es eigentlich Sylvie? Du erzählst gar nichts mehr. Ihr seht euch doch jeden Tag in der Schule.«

Also hatte sie doch ein *Mädchen* im Visier.

»Und *du* hörst nichts mehr von ihren Eltern seit Papas Scheidung, stimmt's?« erwiderte ich barsch. »Deine Telefonseelsorge wird nicht mehr gebraucht, weil sonst Sylvies Eltern vielleicht auch nach *dir* fragen müßten. Und das hieße, einmal in ihrem Leben zuhören, nicht bloß reden und reden und sich selbst darstellen. Erschreckende Vorstellung. Da gehen sie lieber ganz schnell auf Tauchstation.«

»Warum bist du so sauer auf Sylvies Eltern?«

»Weil sie eiskalt sind.«

Ich sagte nur diesen einen Satz. Denn ich wollte ihr nicht erklären, was ich von Sylvie wußte.

»Wie kommst du darauf?«

»Das sieht man doch. Oder findest du sie besser? Sind sie in deinen Augen etwa warmherzig und gefühlvoll? Das glaube ich nicht. Waren sie eigentlich immer schon so wie jetzt?«

Meine Mutter überlegte, was sie antworten sollte, und griff in der Zwischenzeit nach der Teekanne, um uns nachzuschenken. Ich mümmelte wie ein Kleinkind an meinem Brot.

»Wenn du so fragst, nehme ich an, du weißt schon das meiste«, sagte sie schließlich.

»Ja, aber ich will wissen, wie *du* über Sylvies Eltern denkst.«

»Na gut«, antwortete sie, und ihre Stimme klang plötzlich entschlossen. »Es ist nur nicht leicht, einen Anfang zu finden.«

»Stimmt«, sagte ich. »Das weiß ich inzwischen auch.« Und ich wagte mal wieder einen kleinen Bissen.

»Also gut, sagen wir, Sylvies Eltern wollten Karriere machen«, fuhr meine Mutter fort. »Davon ging alles aus. Sie wollten es um jeden Preis. Und von Anfang an. Immerzu. Jeden Tag. Sie kannten nur dieses Ziel. Sie *brauchten* Erfolg. Sie brauchten ihn zum Leben, weil sie unbedingt etwas darstellen wollten. Sie brauchten Auftritte. Sie wollten auffallen, im Mittelpunkt stehen. Sie brauchten Partys, Gesellschaften, Feste, Empfänge. Das war ihre Welt. Und um an die ranzukommen, brauchten sie ihre Karriere.«

Sie nahm sich eine Scheibe Brot, aber bestrich sie dann doch nicht mit Butter, schnitt nur ein Stück von der Rinde ab und führte den Bissen zum Mund. Ich sah meine Mutter kauen und wartete auf den nächsten Satz.

»Solange ich Sylvies Eltern kenne«, sagte sie endlich, »haben sie immerzu neue Pläne gehabt. Große, originelle, einmalige. Sie strotzten von Einfallsreichtum. Wenn ich ehrlich bin, sind sie die kreativsten Menschen, die ich je kennengelernt habe. Und das Verrückte ist: Was sie sich vornahmen, das gelang ihnen auch. Irgendwie war das beeindruckend. Jedenfalls war es interessant, ihnen zuzuhören. Wenn sie loslegten, wurde es nie langweilig, auch wenn sie noch soviel redeten und den ganzen Abend beherrschten. Außerdem versprühten sie jedesmal einen prickelnden Witz. Immer natürlich ein bißchen erotisch, anzüglich, aber meistens nicht derb. Erst in letzter Zeit hatten sie nicht mehr dieselbe Leichtigkeit, die sie früher ausstrahlten. Irgendwie wirkten sie zuletzt gezwungener, verkrampfter, als ob sie sich immerzu anstrengen müßten.«

Sie nahm einen Schluck aus der Tasse, als wäre ihr Mund ausgetrocknet vom Reden.

»Anstrengen? Wofür?« fragte ich.

»Ich weiß nicht. Eigentlich haben sie sich natürlich immer angestrengt. Man darf nicht vergessen, sie haben ihr Immobiliengeschäft mal im Wohnzimmer angefangen, ohne Personal, nur die beiden. Dazu gehört schon was. Sie waren Tag und Nacht unterwegs. Und es gab kein Fest mit wichtigen Leuten, auf dem sie nicht bis zuletzt blieben. Da war Sylvie noch gar nicht da.«

»Und als Sylvie geboren wurde?« hakte ich ein.

»Da konnten sie nicht mehr zurück. Sylvie war so eine Art Symbol für den Zukunftsglauben, den man ausstrahlen muß, wenn man Leute bewegen will zu investieren. *Ein* Kind mußte sein. Aber dann ging es wieder ganz ums Geschäft. Der eine Bürodienst, der andere raus zu den Kunden. Den ganzen Tag. Alles lief wie geschmiert. Dazwischen Sylvie. Haus und Büro waren ja noch nicht getrennt, auch wenn sie damals schon das gesamte Untergeschoß als Büro ausgebaut hatten.«

Sie setzte die Tasse ab, die sie noch immer in ihrer Hand hielt, und sah mich an.

»Am besten fanden sie es übrigens, wenn auch du da warst und mit Sylvie gespielt hast. Ihr wart immer und überall auf wunderbar stille Weise beschäftigt. Ganz ohne Zank und Streit, den man von anderen Kindern gewohnt ist. Weißt du noch, was ihr am liebsten gespielt habt?«

»Was meinst du?«

»Das Doktorspiel. Kannst du dich daran erinnern?«

»Ja klar«, sagte ich, »wir haben uns ausgezogen und überall angefaßt.«

»Genau.«

»Und das fanden sie gut?«

»Na ja, sie meinten, alle Spannungen zwischen Menschen kämen nur daher, daß Erwachsene ihren Kindern nicht genug Freiheit geben, sich selbst zu entdecken, sondern immer über alles ihre Moral stülpen müssen. Im Grunde genommen hatten sie durchaus recht. Kinder, die alles ausprobieren können, ohne dabei das Gefühl zu haben, etwas Falsches und Schlechtes zu tun, leben bestimmt freier von Angst. Das denke ich auch.«

»Aber?«

»Ich fand nur unangenehm, wie sie mit euren Spielen in aller

Öffentlichkeit hausieren gingen. Für mich war das etwas ganz anderes, als wenn sie sonst ihre erotischen Geschichten zum besten gaben. Aber sie mußten auch jetzt jedem Menschen erzählen, wie ihr euch gestreichelt habt und wie wunderbar natürlich und angstfrei ihr eure Körper erforschtet. Und all das nur, um zu erklären, daß sie großartige Eltern wären. Das war das Entscheidende, worum es ging. Sie erzählten es auf jeder Party. Außerdem wollten sie natürlich ein bißchen schockieren, ein bißchen ihre Vision einer freien Erziehung prickelnd in Szene setzen, und vor allem wollten sie mit ihren großartigen Erziehungsansichten im Zentrum aller Gespräche stehen. Sie genossen es, wenn die meisten Menschen ein wenig verschämt auf die Beschreibungen eurer erotischen Berührungen reagierten. Das gehörte mit zu ihrem Partyspiel. Irgendwie kam es mir immer so vor, als ob sie sich an den Zweifeln der anderen Leute berauschten.«

»Du meinst, die beiden geilten sich an den Reaktionen der anderen auf?«

Keiner von uns aß oder trank jetzt mehr.

»Ich weiß nicht«, sagte meine Mutter. »Das sicher nicht. Aber sie zeigten, wie anders sie waren, und genossen es, daß sie genau so gesehen wurden. Verstehst du, sie ließen es prickeln. Aber es ging nicht um euch dabei oder um ihr Erziehungsprinzip, sondern nur um sie selbst. Und dabei kokettierten sie geschickt mit der Moral anderer Leute. Doch hinter der ganzen Selbstdarstellung steckte natürlich auch immer ein stückweit das schlechte Gewissen, daß sie zu wenig Zeit hatten, sich wirklich um Sylvie zu kümmern. Sie verstanden es nur perfekt zu vertuschen.«

»Und was ist heute? Sie haben doch beruflich alles erreicht? Können Sie sich jetzt nicht um Sylvie kümmern?«

»Würdest *du* dich noch umkrempeln lassen mit sechzehn? Ich glaube, dazu ist es bei Sylvie zu spät. Sie kommen gar nicht mehr an sie heran.«

»Glaubst du, ihre Eltern lieben sie?«

»Natürlich lieben sie sie. Nur wirkt ihre Liebe vielleicht ein bißchen distanziert. Wahrscheinlich ist sie das auch. Aber das hängt mit der Freiheit zusammen, die sie so propagiert haben. Sylvie ist vielleicht einfach weniger bemuttert worden als zum Beispiel du. Genau das hat mir dein Vater dann später zum Vorwurf gemacht. Aber ... na ja, Sylvie hat natürlich alles allein erobern dürfen. Doch eben auch alles ohne Erklärung. Das ist der entscheidende Punkt. Dazu war nämlich meistens gar keine Zeit, und vielleicht waren ihre Eltern auch immer zu sehr mit sich beschäftigt.«

»Wie in den Sommerferien, als Sylvie den Chauvi-Typen kennengelernt hat.«

»Ich weiß, woran du denkst. Ja, vielleicht, so in etwa, obwohl sie da ja gemeinsam in Urlaub waren.«

»Und jetzt verhalten sie sich auch nicht anders.«

»Wie meinst du das?«

»Daß sie beide jemand anderen lieben. Und warum. Und wieso sie das einfach gegenseitig so dulden. Wieso sie sich arrangiert haben. Und nicht kaputtgehen dran. Darüber haben sie auch nie mit Sylvie geredet.«

»Nein, wahrscheinlich nicht. Aber für sie ist da auch gar nichts groß zu erklären. Denn Partnerwechsel gehören mit zu der großen Freiheit, der sie sich beide verschrieben haben.«

»Auch über Kreuz? Ich meine, wenn einer den Partner des anderen kennt?«

»Vielleicht gerade dann. Sie wollen ja immer etwas Besondres erleben. Alles, was sie auf alltägliche Weise haben können, wird ihnen langweilig.«

»Aber Sylvies Vater sieht jeden Tag im Büro den Freund ihrer Mutter, und die sieht die Freundin von Sylvies Vater. Das ist doch schrecklich.«

»Für sie war es wahrscheinlich ein ganz besonderer Reiz.«

»Wieso *war*?«

»Weil auch der stärkste Reiz bei ihnen irgendwann wieder nachläßt. Ich denke, das ist der Grund, weshalb sie zuletzt immer verkrampfter und gezwungener wirkten.«

»Du meinst, sie finden nichts mehr, was sie noch aufgeilt?«

»Ich stell es mir jedenfalls vor. Sie haben alles. Sie haben Erfolg und Karriere. Sie haben ihre gesellschaftliche Stellung. Sie haben die meisten Spiele durchgespielt. Was bleibt noch, außer bei Sylvies Vater vielleicht die Flucht in seine Musik?«

»Warum hast du mir davon nie vorher erzählt?«

»Wozu?«

»Dann hätte ich wenigstens gewußt, was sie für Schweine sind.«

»Aber du hättest es nicht verstanden.«

»Doch, genau so, wie es ist.«

»Nein.«

»Doch. Zum Beispiel, als Sylvie zu Hause bei ihren Eltern die Autoreifen zerstochen hat. Da hätte ich genau verstanden, warum sie es gemacht hat.«

»Hm. Vielleicht hab ich damals selbst nicht sehen wollen, daß es eine Art von Signal war. Man ist so entsetzt von jeder Gewalt, daß man zurückschreckt und nicht nach den Ursachen fragt. Außerdem war ich da gerade völlig mit meinen eigenen Problemen beschäftigt. Ich hätte gar nicht frei mit dir reden können.«

»Wieso nicht?«

»Erinner dich mal. Das war, als die Sache mit deinem Vater anfing. Glaubst du, ich wollte, du denkst, es ist überall so wie bei Sylvies Eltern?«

»Na und. Papa hat doch sowieso alles perfekt von ihnen kopiert.«

»Nein, das stimmt nicht. Bei ihm ist es anders. *Er* hat nur Angst, alt zu werden. Das ist nicht das gleiche.«

»Wieso?«

»Männerproblem.«

»Wie?«

»Irgendwann möchten die meisten Männer noch mal auf Abenteuer gehen. Weil das Leben langweilig wird und sie meinen, daß nur noch das Alter auf sie wartet. Damit können sich die wenigsten abfinden. Deshalb versuchen sie sich zu beweisen, daß sie noch jung genug sind.«

»Also doch wie bei Sylvies Vater. Der hat sich genauso gelangweilt.«

»Ja, aber unabhängig vom Alter. Sylvies Eltern haben beide zeit ihres Lebens Abenteuer gesucht. Immerzu neue. Das ist der Unterschied. Sylvies Vater war schon als Student hinter allen Frauen her. Das kann ich von deinem Vater nicht so behaupten. Und Sylvies Mutter hat auch nie was anbrennen lassen ...«

Sie redete plötzlich nicht weiter.

»Trotzdem«, sagte ich.

Aber meine Mutter blieb weiter stumm.

»Akzeptierst du denn Vaters Problem?«

»Nein.«

»Aber du liebst ihn noch.«

Sie zögerte. Ich sah sie an. Sie senkte den Blick auf den Teller und antwortete nicht.

Wenn einem all das erzählt wird, hat man ziemlich zu knacken. Ich war zu keiner Reaktion mehr fähig. In meinem Kopf brausten die Sätze, die meine Mutter mir gesagt hatte. Spät in der Nacht schlief ich ein vor Erschöpfung.

Aber auch heute, am Tag danach und nachdem ich das ganze lange Gespräch minutiös aufgeschrieben habe, weil mir jeder Satz noch immer im Gedächtnis dröhnt, fühl ich mich kein bißchen besser. Was ich gehört habe, widert mich an. Zum Mittag, als ich wieder mit meiner Mutter am Tisch saß, hatte ich schreckliche Angst, daß noch mehr von den Scheußlichkeiten aus Sylvies Elternhaus ans Tageslicht kam. Ich fühlte mich zerrissen zwischen dem Verlangen, alles genau zu erfahren, und dem Wunsch, meine Ohren vor der Wahrheit, die unerträglich schien, fest zu verschließen.

In meinem Zimmer mit mir allein geht es erst recht nicht besser, weil mich die Bilder und Vorstellungen immer weiter verfolgen. Ich kann nicht dahocken und grübeln. Ich bin wütend. Ich würde am liebsten wie Sylvie gewalttätig werden, um meinen Zorn loszuwerden. Ich halte die Gedanken im Kopf nicht aus. Ich hasse Sylvies Eltern und würde es ihnen gern laut ins Gesicht schreien. Aber ich kann wie immer nicht handeln. Ich ersticke an meiner Wut. Das unterscheidet mich von Sylvie. Und, daß ich immer wieder gleich denke, Haß und Gewalt sind der falsche Weg.

Das klingt vielleicht brav und wohlerzogen, aber genau darin bin ich wirklich gefangen. Ich kann nicht aus meiner Haut. Ich ziehe mich ständig zurück und fresse Wut und Haß in mich hinein. Sylvie hat sich anders entschieden.

Ich habe versucht, durch das Aufschreiben wieder zur Ruhe zu kommen, aber es wirkt nicht. Die Vorstellungen erzeugen weiterhin Übelkeit. Alles ist noch lebendiger da, näher als vorher. Ich muß etwas tun. Wenn ich nicht wirklich ersticken will, muß ich tatsächlich raus, unter Leute. Ganz nach dem Willen meiner Mutter. Ich muß mich ablenken. Aus dem Kreislauf meiner Gedanken herausspringen. Wieder normale Menschen sehen, die ich begreifen kann.

Ich denke an Kims Gedicht. Alles *einfach* zu haben, ist mein größter Wunsch. Also gut. Ich werde Kim anrufen und sie fragen, ob wir uns wieder mal treffen können. Kim ist die einzige, die in Frage kommt. Das ist mir klar. Aber wir haben uns in den letzten paar Wochen nur in der Schule gesehen und wenig geredet. Ich bin mir jedesmal komisch vorgekommen, weil ich nicht wußte: Glaubt sie mir, was ich von Sylvie erzählt hab, als ich ihr nachgerannt bin?

Mein Gott, ist das lange her. Schreckliche Situation, die mir noch immer die Fußnägel aufrollt. Gar nichts ist gut. Aber wenn ich ihr weiterhin aus dem Weg geh, wird alles immer noch schlimmer.

Heute nachmittag hat es in Strömen gegossen. Ich versuchte, mich unterwegs mit ein paar albernen Gedanken aufzuheitern, um nicht zu erfrieren. Ich dachte zum Beispiel: Dieses Wetter ist völlig unmöglich, um in der Fußgängerzone eine Demo zu machen. Na bitte, heute könnten die Lodenmäntel doch ihre dunkle Freude haben. Vierundzwanzig Regenstunden lang passiert nichts, was gesetzlos ist. Aber wo waren sie denn? Jetzt, da die ganze Fußgängerzone ihnen allein gehörte?

Der Wind blies mit eiskalten Böen Wasserbeulen in mein Gesicht, und ich wurde schon wieder mißmutig und grüblerisch, weil kein Lodensack aufkreuzte, an dem sich meine Phantasie weiter entzünden konnte. Also kam wie von selbst die Frage, warum ausgerechnet ich mutterseelenallein durch die Stadt lief und nicht zu Hause geblieben war, wo es zwar auch ungemütlich, aber wenigstens warm war und trocken.

Zum Glück kam mir schließlich doch noch ein hübsches Bild in den Sinn, das meine etwas abstrus verwirrte Vorstellungskraft vollends in Anspruch nahm. Man sah, in der Einkaufszone wurden an diesem Nachmittag da, wo sonst fliegende Händler Radieschenschäler und Teppichreiniger verkauften, nichts als Erkältungsbazillen und Grippeviren angeboten, wenn überhaupt mal zwei Leute direkt aufeinandertrafen. Verkäufer und Käufer verbeugten sich dann höflich wie die Chinesen, prusteten und husteten sich gegenseitig an, um Großes entgegenzunehmen und klein herauszugeben. Die Bazillen wanderten freudig von Hand zu Hand. Im Vorbeigehen sah ich das Schauspiel sich zwei- oder dreimal wiederholen, und ich mußte über die verrückte Sichtweise meiner Phantasie auf die ernsten Dinge des Lebens tatsächlich lachen.

Dann endlich das Bistro, in das Kim und ich uns vor einiger Zeit zum ersten Mal geflüchtet hatten. Als ich jetzt um die Ecke bog, war aber weit und breit keine Kim zu sehen. Ich stellte mich unter das Vordach zum Eingang, zog die Regenkapuze vom Kopf und schüttelte die Haare, um mich wieder ein bißchen aufzuputzen. Vielleicht war Kim ja schon in der guten Stube und wartete dort in ihrer ganzen Mannequin-Schönheit auf mich.

Aber während ich noch versuchte, mich für Miss Demo im spiegelnden Türglas zu stylen, hörte ich ihre Stimme und drehte mich um. Eine patschnasse kleine Gestalt kam durch die Pfützen gelaufen und schaute mich mit Wasseraugen an.

Wenn ich es richtig sah, war das ein dicker grauer Winterpullover gewesen, den Kim über ihren abgewetzten Jeans trug. Die Wolle triefte und klebte am Körper, der dadurch so etwa die bauchige Form eines niedlichen Seehunds bekam. Kim wirkte ein bißchen gedrungen, weil der Regen zudem ihre Haare eng an die Kopfhaut klatschte. Aber all das tat ihrer Schönheit nicht den geringsten Abbruch. Ich war glücklich, als sie so vor mir stand. Alles andere verdrängte ich mutwillig mit einem geistigen Schlag aus den grauen Zellen.

»Bist du ins Wasser gefallen?« fragte ich übertrieben gut gelaunt, nachdem wir uns zur Begrüßung links und rechts auf die Wangen geküßt hatten.

»Viel einfacher«, sagte Kim. »Dieser blöde Wind hat meinen Regenschirm als Paragleiter haben wollen. Hab mir wie immer gedacht: Na gut, der Klügere gibt nach. Nur daß er eine Bruchlandung hinlegen würde, hatte ich irgendwie nicht erwartet. Das war dann das Ende von meinem Schirm.«

»Und jetzt?«

»Jetzt bin ich naß.«

Wir lachten.

»Wenn ich könnte, würd ich dich zum Aufwärmen unter meine Regenjacke nehmen«, sagte ich und zog den Reißverschluß auf. »Aber ich hab sie vergessen, auf Zuwachs zu kaufen. Konnte ja nicht damit rechnen, daß ich schwanger werde und Platz brauch für zwei.«

»Pech gehabt«, sagte Kim. »So naß kriegst du mich nie mehr wieder.«

»Wieso? Es gibt doch Duschen.«

Ich hatte nicht überlegt, was ich sagte. Aber Kim antwortete sofort.

»Und du meinst, ich laß dich mit drunter, du Lüstling?«

Ich zuckte die Schultern.

»Hör mal, was soll deine Freundin denn von mir halten?«

»Ich hab dir doch schon gesagt, mit Sylvie ist nichts.«

»Mein Gott, bist du von Frauen umschwärmt. Und dann willst du noch nicht mal. Wie hochnäsig! Und was ist mit mir?«

Ich zog meine Augen zu schmalen Schlitzen zusammen und sah Kim mit scharfem Blick durch die Schießscharten an.

»Wie, du schweigst?«

»Jeder Satz will bei dir überlegt sein«, antwortete ich.

»Klingt ja schrecklich. Und außerdem kannst du mich küssen. Dann mußt du nicht reden.«

Kim zog meine Brust dicht an ihren nassen Pullover heran und hielt ihren Kopf mit den triefenden Haaren zum Küssen bereit. Sie sah mich mit weit geöffneten Mandelaugen an.

Auch ich zog die Tarnschlitze auf und präsentierte die blauen Pupillen. Dann küßten wir uns, und Kim zog mich ganz leicht von der Glastür hinaus in den Regen. Himmlische Gaben.

»Wolltest du nicht mit mir duschen?« fragte sie, als ich genauso naß war wie sie.

»Doch. Und was machen wir jetzt?«

»Milchkaffee trinken.«

»Meinst du, das ist eine gute Idee?«

»Warum nicht?«

»So naß, wie wir sind?«

»Was schlägst du vor?«

»Du kommst mit zu mir, und ich leih dir trockene Sachen.«

»Nicht schlecht, oder ist das ein neues Angebot zum gemeinsamen Duschen?«

»Na ja«, sagte ich eilig, während ich trotz aller Sterbenskälte rot anlief. »Schön wär's. Aber ich glaube, da ist meine Mutter dagegen. Die möchte mich gern noch ein bißchen als Jungfer.«

»Schade«, kicherte Kim, und wir liefen nach Hause, wo ich sie erst präsentieren mußte, was aber nicht lange dauerte, weil wir aus allen Fasern trieften.

Später saßen wir in meinem Zimmer, Kim und ich frisch geduscht, wenn auch nicht gemeinschaftlich, leider. Meine Mutter hatte uns wirklich unbarmherzig getrennt.

Aber wenigstens in einem Punkt mußte sie zu guter Letzt doch noch nachgeben. Schuld daran war mein Kleinformat. Zum ersten Mal in meinem Leben konnte ich stolz sein auf meinen Körper, besonders auf dieses unausgereifte Hinterteil. Kim paßte zwar fast, doch nicht ganz in meine Jeans. Das reichte für Mutters Kopfzerbrechen, aber nicht für eine Lösung. Nur Kim blieb gelassen, aber das war es, was meine Mutter zuletzt überzeugte. Angeblich lief Kim zu Hause immer mit nichts als einem langen Pullover bekleidet herum. So kam ich in den Genuß ihrer nackten Schenkel, was ich sehr sexy fand. Und meine Mutter heizte extra für uns noch mal ein.

Als wir allein waren, sah ich an Kims herausforderndem Blick, daß sie in Sachen Hauskleidung etwas gelogen hatte. Und ich fuhr ihr mit meinen Fingern die Beine hinauf, was ich bei Sylvie nur ganz, ganz früher gemacht hatte, als wir noch Kinder waren. Ich war fasziniert von Kims Haut und konnte an gar nichts andres mehr denken, nicht mal daran, daß mir damals wahrscheinlich Sylvies Eltern bei so was zugesehen hatten. Auf einmal war das weit weg. Alles, was meine Mutter erzählt hatte, war ganz weit weg. Auch meine Peepshow verflüchtigte sich, obwohl Kim nur einen winzigen Slip mehr trug als damals ich.

Ich komme erst jetzt beim Schreiben auf all solche blöden Gedanken. Solange Kim in meinem Zimmer auf meiner Bettcouch saß oder lag, war das, was ich dachte, auf meine Fingerspitzen, wenig später auch auf Lippen und Zunge konzentriert, die Kim berührten.

Wer weiß, was passiert wäre, aber Mütter haben wahrscheinlich immer gleich eine Ahnung, was läuft. Vor allem, wenn sie ein Mädchen wie Kim allein mit ihrem Sohn in einem geschlossenen Zimmer wissen. Dann greifen sie ein. Sie kam mit heißem Tee und Gebäck, um uns zu stören, weil sie meiner Kleinwüchsigkeit längst nicht mehr traute.

Kim und ich hörten sie nahen und standen zur Vermeidung sämtlicher (Miß-)Verständnisse auf, wobei Kim aber plötzlich Lucifer in seinem Käfig entdeckte und sich in ihrer spontanen Begeisterung gefährlich weit über ihn beugte, was meiner Mutter ungewollt, mir gewollt einen schönen Anblick gewährte.

»Wer ist das denn?« rief Kim.

Ich mußte mich erst wieder sammeln, ehe ich antworten konnte. Meine Mutter fing an zu lachen, als meine Pause zu lange dauerte, und sagte: »Das ist ein kleiner Teufel.«

Ich fand meinen Faden wieder und erzählte, wie ich Lucifer aus Italien nach Deutschland geschmuggelt hatte.

Wir redeten, während sie immer wieder in das Terrarium schaute und meine Mutter im Zimmer herumlief, um uns den Tee sorgsam auf einem Tischchen zu servieren. Es dauerte, bis sich endlich die Tür von außen schloß.

Ich ging hinüber zu Kim. Lucifer war neugierig und hob den kleinen Kopf, um sie mit seinen Punktaugen zu fixieren.

»Meinst du, er merkt was, wenn ich ihn streichle?« fragte Kim, ohne mich anzusehen.

»Wenn er klug ist, bestimmt«, antwortete ich, und Kim nahm behutsam das Deckglas von meinem Terrarium, aber da zuckte Lucifer vorsichtshalber unter die Steine, und Kim konzentrierte sich nach einer Weile wieder auf mich.

Schule der Liebe

Ich habe schon lange nichts mehr aufgeschrieben. Kein Bedarf. Keine Zeit. Wer verliebt ist, muß sich nichts von der Seele schreiben. Meine Seele tanzt Rock 'n' Roll und wirbelt Kim hoch empor durch den brausenden Äther meiner Gefühle. Alles ist leicht, alles im Schwung. Die Tage vergehen im Flug.

Meine Mutter wünscht sich seit Wochen, daß ich mal wieder auf den Boden der Tatsachen zurückkomme. Aber für mich ist *Kim* die entscheidende Tatsache. Und die Gewißheit, daß wir uns lieben. Deshalb kann ich unmöglich ständig zu Hause hocken. Außerdem hat meine Mutter mich selbst auf die Straße geschickt. Das kommt davon. Wär ich zu Hause geblieben in meinem Loch, würde ich wahrscheinlich immer noch keinen Schritt weiter sein, nur im Schmollwinkel sitzen und Ekel empfinden vor so was wie Liebe. Da könnte meine Mutter die zarte Seele ihres Sohnes gut pflegen.

Jetzt fühlt sich Mutter allein und verlassen. Mein schönes, sanftes Kindergesicht ist nicht mehr verfügbar. Auslaufmodell. Gottseidank. Und ich bring es nicht einmal fertig, die alten Abendbrotszeiten einzuhalten, die ihr so heilig sind.

Auch Mignon beschwert sich. Ich habe zu wenig Zeit. Boykott meines Zimmers. Kein Buckel mehr, um sich streicheln zu lassen. Meine Hand riecht nach Kim, und Kim riecht nach Feind. Also zieht Mignon sich schweigend zurück und verachtet mich, weil ich mich in Feindeshand begeben habe. Abends, wenn ich nach Hause komme, ist sie schon aus dem Haus und hockt schmollend in fremden Gärten. Manchmal glaube ich sie zu sehen. Sie lauert mir auf, geduckt unter Vorgartenbüschen. Wenn ich vorbeigehe, schnuppert sie Kims Wunderparfüm, das mich gefangenhält, und weiß, daß es keinen Sinn hat, sich mit mir einzulassen. Ich bin in Gedanken ja doch nicht bei ihr. Letzte Woche war Mignon zwei Tage fort. Meine Mutter in Sorge. Ich auch, denn sterilisierte Katzen haben doch keine Frühlingsgefühle. Was also dann? Meine Mutter erklärt mir mit festem Blick, daß sie Mignon versteht. Erpressungsversuche. Soll ich Kim vielleicht sagen: Wir können uns heute nicht sehen, weil meine Katze eifersüchtig ist? Das ist grotesk.

Wenn meine Mutter von Kim spricht, nennt sie sie jedesmal meinen kleinen Teufel. Zufrieden klingt das nicht. Aber immerhin bewirkt sie damit, daß ich sofort Kim in der schönsten Perspektive vor Augen habe – in meinem Pullover tief über Lucifer gebeugt. Das gefällt mir.

Zumindest ist Kim die erste, die sich wie ich für Eidechsen begeistern kann. Das bedeutet ja wohl eine ideale Beziehung. Die meisten Leute ekeln sich vor Reptilien. Aber wenn Kim zu mir kommt, gibt es jedesmal erst eine ausgiebige Echsenbesichtigung. Und Lucifer steht schon in seinem Terrarium und reckt ihr den Hals entgegen. Nichts mehr von Flucht, wenn Kim den Glasdeckel abnimmt. Lucifer weiß Kim zu schätzen. Ich bin sehr stolz auf ihn.

Er ist aber auch nicht eifersüchtig, wenn ich mich nach einer Weile selber bei Kim in empfehlende Erinnerung bringe und meine Finger unter ihr Sweatshirt schiebe, um ihre Haut zu streicheln. Klar, daß das Kim sofort ablenkt. Doch Lucifer zieht sich stillschweigend zurück, wenn sie die Hand von ihm wegnimmt und sich nur noch auf mich konzentriert. Könnte sich Mignon eine Scheibe von abschneiden.

Einmal in so einer Situation schaut mich Kim aus kleinen

Augenschlitzen, so schmal wie höchstens halbe Mandeln, an und sagt provozierend:

»Fängst du schon wieder an?«

»Ich kann nicht anders.«

»Lustmolch.«

»Da stehst du doch drauf.«

»Hmmm, ja. Mach weiter.«

Und meine Finger gleiten unter dem Sweatshirt hinauf, bis ich die Brüste erreiche, die sie mit keinem BH vor mir schützt. Kim schiebt mich plötzlich zu meiner Bettcouch. Sie läßt mich fallen, fällt über mich.

Aber der Rest ist schwierig. Ich trau mich nicht. Obwohl ich Kim liebend gern nackt sehen würde. Alles an ihr berühren, Körper an Körper liegen, Haut auf Haut.

Meine Mutter kann jederzeit raufkommen. Dann ist Kim endgültig unten durch. Ob meine Mutter mir zutraut, daß *ich* es sein könnte, der sich nach Kims Körper sehnt? Eigentlich ist es ja ziemlich egal, was sie denkt. Wenn sie uns nackt sieht, weiß sie, was los ist. Aber ich will nicht, daß meine Mutter Kim nackt sieht. Warum eigentlich nicht?

Kim scheint nicht so viel Hemmungen zu haben. Sie richtet sich auf, öffnet meine Hose und schiebt ihre Hand hinein. Alles ist plötzlich möglich. Ich denke nur noch an Kim und habe sämtliche Erinnerungen vergessen, die mit Kims Handbewegung in meiner Hose vergleichbar sind. Dann holt sie meinen Penis hervor und sieht zu, wie er sich aufrichtet. Es stört mich nicht, daß sie ihn anschaut. Sie beobachtet ihn, als ob er Lucifer wäre, und streichelt ihn zärtlich. Dann küßt sie ihn.

Ich liege ganz still, denke an nichts. Meine linke Hand berührt ihre Brüste. Es ist wunderbar, so etwas Weiches zu spüren.

Kim schließt ihre Hand um meinen Penis und bewegt sie auf und ab. Ich habe das Gefühl, als wär mein Glied ein Freiballon, der am Boden aufgeheizt wird, um fliegen zu können. Die Außenhaut spannt sich. Innen wird es warm, immer wärmer. Der Druck verstärkt sich. Es ist himmlisch. Aber auf einmal kriege ich Angst vor dem Fliegen.

»Hör auf«, sag ich zu Kim.

»Warum?«

»Meine Mutter.«

»Keine Angst.«

»Es geht nicht.«

»Wart's ab.«

Und sie macht einfach weiter. Es glüht im Innern. Jeden Moment explodiert der Inhalt des Freiballons in meinem Zimmer. Nein, denke ich noch.

»Nicht!« schrei ich leise.

Kim schließt von oben die andere Hand um mein Glied, und ich zucke sechs- oder siebenmal zusammen. Der Ballon schießt empor, von Böen geschüttelt. Danach folgt noch mehrmals ein leichteres Rütteln an allen Leinen. Dann, nach einer Weile, gleitet der Freiballon sanft und leise mit mir davon.

Ich höre von weither, wie Kim nach ihrer Jacke greift und eine Packung Tempos öffnet. Langsam kehr ich von meiner Reise zurück.

»Siehst du, es geht *doch*«, flüstert Kim und lacht.

Unmöglich, darauf zu antworten. Unmöglich, überhaupt etwas zu reden. Mit Kim ist nichts so, wie ich denke. Keine Vorstellung reicht aus. Aber Kim weiß für alles die Lösung. Woher?

Hundert Minuten vergehen, in denen ich Kim nur streichle. Zwischendurch laß ich mich von ihr küssen. Mehr schaffe ich nicht.

»Hast du so was schon öfter...?« flüstere ich schließlich als erste Verlautbarung nach meinem Jungfernflug.

»Frag doch nicht immer«, antwortet sie. »Was hast du davon,

daß du ständig zugucken willst, wie die Fliege im Glas ertrinkt?«

»Wie? Welche Fliege?«

»Hast du mein Gedicht schon vergessen?«

»Ach so. Nein. Stimmt. Entschuldigung.«

»Aber nasse Füße hat deine Fliege jetzt doch, oder?«

»Wahrscheinlich. Ein bißchen.«

»Jedenfalls *du bist* ein Anfänger. Sei froh. So brauch ich wenigstens keine Angst zu haben bei dir. Verstehst du, im Fall der Fälle.«

Und ich spüre zwei riesige Fragezeichen in meinen Augen stehen.

»Guck doch nicht so. Schon was von Aids gehört?«

»Ach so. Ja.«

So weit kann ich im Augenblick gar nicht denken.

»Na also«, sagt Kim.

»Merkt man das?«

»Was? Aids?«

»Nein, daß ich ein Anfänger bin.«

»Es ist schön mit dir.«

Und sie drückt ihren Kopf gegen meinen und küßt mich, damit ich nicht weiterfrage.

Doch dann, als sie sich aufrichtet, fängt sie plötzlich an zu kichern.

»Was ist?« frag ich verwirrt und stemme mich ebenfalls hoch.

Kim deutet mit ihrer Hand Richtung Fenster. Da sitzt Lucifer, der aus dem Terrarium herausgekrochen ist, weil wir den Deckel vergessen haben.

»Er hat uns die ganze Zeit zugeguckt«, sagt Kim und kichert immer weiter.

Schluck. Aber ich antworte nichts.

Und warum schreib ich das jetzt plötzlich alles? Was ist denn los? Der Nachmittag liegt schon Wochen zurück. Aber heute muß ich es unbedingt noch mal wissen. Weil danach nichts mehr wie vorher war. Das ist der entscheidende Grund.

Ich sitze zu Hause und denke nach. Meine Mutter freut sich über meine unerwartete Gegenwart. Wenn sie wüßte, warum ich da bin, würde sie allerdings anders darüber denken. Ich habe gesagt, ich muß für die Schule lernen. Solche Sätze haben immer Erfolg. Aber in letzter Zeit ist mir die Schule ziemlich egal. Heute besonders.

Kim hat mich gefragt, ob ich mit ihr schlafen will. Die Gelegenheit ist günstig. Morgen holen ihre Eltern Kims Oma für vierzehn Tage zu sich nach Hause. Morgen ist Samstag. Mit dem Auto am selben Tag hin und zurück ist Kims Vater zu stressig. Also bleiben sie eine ganze Nacht weg und kommen erst Sonntag mittag zurück. Das sind mehr Stunden, als wir je wieder kriegen in absehbarer Zeit. Und wann läßt sich Kims Bruder aus so einem Anlaß schon aus der Wohnung vertreiben? Björn ist elf. Weiß der Teufel, was ihn geritten hat, unbedingt mit zu wollen. Wahrscheinlich verspricht er sich Geld, wenn er den lieben Enkel spielt. Damit ist Kim aller Pflichten enthoben. Zu viert kann man die Oma im Auto nicht holen.

Alles perfekt. Natürlich habe ich ja gesagt. Ich will mit Kim schlafen. Mehr als ich es jemals mit Sylvie gewollt hab. Sylvie. Das scheint lange her. Manchmal kommen die Erinnerungen noch durch. Aber sie halten nicht lange stand, haben ihre Kraft fast verloren. Auch Sylvie kümmert sich nicht um mich, nicht mal, um Zigaretten zu schnorren. (Hab sowieso keine mehr. Völlige Pleite. Ich selber bin ohnehin wieder den Nichtrauchern beigetreten. Wozu Zigaretten? Ich hab doch Kim. Und die Zombies samt Sylvie sind, wie es scheint, auf eine bessere Quelle gestoßen. Zum Glück.)

Trotzdem denke ich plötzlich an Sylvie. Es ist wie ein

Abschied von einer anderen Zeit. Morgen ist alles anders. Als ob es Sylvie in meinem Leben dann nicht mehr gibt. Wann war das, als ich mir wünschte, mit Sylvie zusammen zu sein? Als mein Vater vierzig wurde. Das ist im Sommer zwei Jahre her. Seither entfernen wir uns voneinander.

Nur meine Peepshow in der Ruine ist unvergessen. Irgendwie fühl ich mich ständig von Spannern beäugt. Voyeuren mit immer den gleichen Augen. Sylvies Augen. Selbst vor Lucifer bin ich erschrocken.

Aber ich will nicht immerzu Angst haben, wenn ich mit Kim zusammen bin. Morgen erst recht nicht. Sonst kann ich nicht. Und ich könnte es Kim nicht mal erklären, denn ich hab ihr noch nie von der Peepshow erzählt. Irgendwann muß die Vorstellung doch ein Ende haben. Morgen. O bitte. Morgen bei Kim. Wenn ich mit ihr geschlafen habe, wird alles anders sein.

Sylvies Augen sind wie die Augen eines Gespensts. Immer da, wo ich bin. Sie wußten früher, als ich es mir selbst eingestand, daß zwischen mir und Kim etwas war. Keinen Menschen in der ganzen Schule hab ich etwas merken lassen. Schon wegen der drohenden Zombie-Gefahr. Kim hat mitgeschwiegen, obwohl sie nicht wußte, warum. Vielleicht war es ihr sogar recht, weil es nicht allzu viel Eindruck macht, meine einsachtundsechzig zur Schau zu stellen. Jedenfalls hat sie nichts getan, um meine Absicht zu unterwandern. Ich selber hab es gemacht, noch ehe ich Kim um Geheimhaltung bat. Was sind das für Augen, die alles sehen? Mich immer verfolgen? Mich immer betrachten, als wäre ich ständig nackt?

Ob meinen Vater auch Augen verfolgen? Wessen Augen? Die meiner Mutter? Im Schlaf? Und im Beischlaf? Unsinn. Von den Augen meiner Mutter geht keine bannende Kraft aus. Meine Mutter hat Dulderaugen. Das hat mein Vater gewußt.

Wenn ich nicht will, daß meine Mutter Kim und mich nackt sieht, dann auch um ihretwillen. Ich will ihr nicht weh tun.

Denn meine Mutter ist völlig machtlos. Was immer sie denkt über Kim, *sie* bringt uns nicht auseinander. Sie versucht es erst gar nicht. Warum sonst hat sie nichts gesehen, als Kim mich zu Hause befriedigt hat? Ich wette, sie wußte, was in meinem Zimmer geschah. Ich sage doch: Dulderaugen. Ich wette auch, sie wird wissen, daß ich die Nacht von morgen auf Sonntag bei Kim verbringe und nicht bei Schulfreunden auf einer Fete am anderen Ende der Stadt. Aber ich kann es ihr nicht ins Gesicht sagen, weil sie mich damit verliert. Sie hat schon genügend verloren. Das ist es ja gerade.

Ich brauche den Abend heute, um in meinen Gedanken Ordnung zu schaffen und einen Schlußstrich zu ziehen. Möglich, ich werde ab morgen nie mehr was aufschreiben müssen, weil das Chaos meiner Gefühle nicht mehr existiert. Nur noch Kim.

Ausgerechnet Lars mußte ich am Samstag nachmittag auf meinem Weg zu Kim begegnen. Und noch dazu gar nicht weit vor dem Eingang zu ihrem Haus. Was für ein Anfang zu so einer Nacht! Ich duckte mich auf der anderen Straßenseite hinter der Reihe taufrisch polierter Kleinwagenmodelle und starrte Lars nach: Was macht Graf Zombie ganz in der Nähe von Kim?

Wenn man gerade Dracula begegnet ist, kann man nicht so, wie man will. Jedenfalls fiel die Begrüßung bei Kim etwas anders aus, als ich mir vorgestellt hatte, und zielte direkt auf die Suche nach Wundmalen an ihrem Hals. Vielleicht hatte ja Kim ihre ganze Erfahrung von Lars.

Ich weiß, es war ein ziemlich absurder Gedanke, aber weil ich aufgeregt war vor dem ersten Mal und weil feige Leute wie ich in solchen Momenten durchaus mit Rückzugsgedanken zu kämpfen haben, machte ich mir vor, Kim könnte tatsächlich von Dracula gebissen sein. Horrorvision.

Ich hatte nichts fragen wollen an diesem Samstagabend. Ganz so, wie es sich Kim immer wünscht. Aber schon kurz nach dem ersten Kuß zur Begrüßung mußte sie dringend die Notbremse ziehen.

»Fängst du schon wieder an?«

Eine Liebesnacht sollte mit anderen Sätzen beginnen. So mußten wir leider das Thema Lars vorziehen, ehe es uns gelang, in die richtige Stimmung zu kommen. Natürlich kennt Kim Graf Zombie, aber nur, weil er zwei Häuser weiter wohnt. Das hatte ich nicht gewußt.

»Ehrlich, daß du mir den zutraust«, sagte Kim. »Hältst du mich für eine Nazibraut? Der ist doch besessen von Fascho-Gedanken. Bildet sich ein, er könnte mit seinen Schlägertypen sämtliche Wohnblocks beherrschen. Hausmeister-Macho. Ständig kreuzt er mit seinen Bomber- oder Armyjacken-Heinis hier auf und verbreitet nur Angst und Schrecken, weil jeder weiß, daß die Idioten drüben am Schießplatz mit richtigen Waffen hantieren. Da ist so ein Treffpunkt von denen. Echt, du enttäuschst mich. Ich hasse Gewalt, weißt du das nicht?«

Ausgerechnet zu unserer Liebesnacht hatte sich Lars eingeladen. Das sah ihm ähnlich. Wir brauchten Stunden, ihn vor die Tür zu setzen. Er mischte sich in jeden Satz, den wir sprachen, jeden Gedanken. Wahrscheinlich weiß er gar nicht, wie sehr ich ihn dafür hasse, daß er es wagte, an diesem Samstagnachmittag auf der anderen Straßenseite an mir vorbeizulaufen und mich durcheinanderzubringen. Zombie & Partner. Unsichtbar hielt er Sylvie am Arm.

Kim legte eine CD nach der anderen ein, um die Stimmung zu heben, und malte mir schließlich aus, wie wir zusammen im Sommer mit Zelt und Decken zu einem Open-Air-Konzert fahren könnten und dann, von Musik berauscht, eine himmlische Nacht unter Sternen verbrächten. Der Gedanke war wie eine Flucht aus der Wohnung, die immer noch nach Dracula roch. Nur ganz langsam machte sich wieder ein bißchen Romantik breit, wozu auch die Abenddämmerung beitrug, die die Wände aufweichte in Rot und Schwarz und die Konturen des Zimmers verschwimmen ließ. Allmählich fühlte ich mich nicht mehr eingezwängt in mir selbst und in Kims Zimmer, sondern hinausgetragen unter den offenen Himmel.

Ich tastete nach Kim im unsicheren Licht. Wir küßten uns. Und ich glaube, es war der längste Kuß aller Zeiten. Mit Stoppuhr hätte er für jedes Guinness-Buch ausgereicht. Doch wer hält beim Küssen die Uhr daneben? Ganz schön pervers. Auf jeden Fall wußten wir aber danach, daß wir endlich allein waren und der Rest der Welt kein Thema mehr war für unsinnige Fragen.

Kim stand auf und ging in die Küche, um Wein, Brot und Käse zur Stärkung zu holen und ein paar Kerzen in ihrem Zimmer aufzustellen. Sie hatte an alles gedacht. Ich dagegen war nicht einmal in der Lage gewesen, sie richtig anzusehen und in mich aufzunehmen, wie schön sie sich für mich zurechtgemacht hatte.

»Gefällt dir eigentlich mein Kleid?« fragte Kim aus der Küche, als wüßte sie ganz genau, daß ich aufstehen mußte, wenn ich ihr ehrlich antworten wollte.

»Hier, nimm mal«, sagte sie, als ich zu ihr hereinkam, und reichte mir Käse und Brot auf einem Holzbrett.

Ich aber stand wie erschlagen. So schön hatte ich Kim noch nie gesehen, weil der Winter in aller Regel dicke Pullover vorschreibt und keine hautengen Kleider bis mikroknapp über den Po. Wieso hatte der Anblick nicht alle Zombie-Gedanken aus meinem Kopf geworfen, als ich am Nachmittag kam? Das muß man sich vorstellen: Jemand trägt für mich sein kleines Schwarzes, echt fetzig gestylt, und ich übersehe es mehr oder minder. Unfaßbar.

Kim fing an zu lachen.

»Na los, heute darfst du was sagen. Oder du küßt mich. Das reicht mir auch.«

Sie stellte das Käsebrett auf die Anrichte zurück, und wenigstens meine Beine setzten sich in Bewegung, wenn auch kein Wort sich im Kleinhirn bildete. Nicht mal der allergeringste Impuls ging an die Stimmbänder aus, endlich zu schwingen. Mein Verstand war unfähig zu reagieren. Nur gut, daß man zum Küssen nicht denken muß, sondern alles sich selbst überläßt, sonst würde man in solchen Momenten noch überlegen, wie zwei Paar Lippen zusammenpassen, ohne daß man sich die Nasen stößt. Ich aber landete über Autopilot punktgenau auf ihrem rot gemalten Mund.

Und es wurde doch noch ein großartiger Abend. Während wir Wein tranken und Brot und Käse aßen, fand ich meine Sprache wieder. Es war ganz leicht, über unsre Gefühle zu reden. Ich sagte, daß ich mir nie hätte träumen lassen, mit Kim zusammenzusein. Sie antwortete: »Ich liebe deine Augen und deine langen Wimpern. Ich lieb dein Gesicht. Deine schmale Nase, den zärtlichen Mund und dein spitzes Kinn.« Und ich wußte plötzlich, daß meine Größe nicht wichtig war.

Später öffnete sie meine Hose und sagte: »Dein Glied lieb ich auch.«

Irgendwie kamen wir von da ganz natürlich auf Kondome zu sprechen, ohne daß es uns peinlich war.

Kim lachte. »Eigentlich würde ich gern mit dir ohne schlafen, so wie ich es damals gesagt hab. Mit dir wär das gar kein Problem. Und ich nehm die Pille. Aber selbst wenn ich dir sage, ich habe es immer mit Schutz gemacht, mit Kondom, knabberst du hinterher daran herum, weil du nicht weißt, ob es stimmt. Und das wäre schlimm. Es würde alles zerstören. Das ganze Vertrauen. Am Ende wär bloß noch der Zweifel da. Das ist es nicht wert. Also machen wir es lieber mit Gummi, und ich gehe nächste Woche zum Arzt. Vielleicht gar nicht schlecht. Haben wir immer noch eine Steigerung vor uns.«

Alles, was sie sagte, war richtig. Und ich liebte sie dafür. Ich wollte auch gar nicht wissen, mit wem sie vorher zusammen gewesen war. Jetzt liebte sie *mich*.

Kim fing an, mich auszuziehen, und zuletzt war auch sie plötzlich nackt. Alles, was ich mit meinen Fingern berührt, und auch das, was ich noch nicht berührt hatte, stand auf einmal im Kerzenlicht vor meinen Augen. Ich hatte noch nie eine Frau so gesehen, höchstens im Film. Aber jetzt konnte ich mit den Fingerspitzen über Kims Haut fahren und dabei sehen, wie sich die Bauchdecke hob und ich die Brüste bewegte. Ich küßte den Flaum auf der Haut und fühlte Kims Körperwärme auf meinen Lippen. Ich spürte das Blut in ihren Adern und fühlte den Herzschlag unter der Hand. Nach einer Weile glitten die Finger weiter hinab zu den Schenkeln, die ich am besten kannte und doch noch einmal ganz neu erkundete. Zuletzt schob ich die Hand tiefer zwischen die Schenkel und spürte, wie Kim sich mir entgegenstreckte, nach mir verlangte. Ich streichelte ihre Scham, die wunderbar warm und feucht war. Alles erregte mich jetzt. Kims stoßhaftes Atmen und wie sie den Kopf nach links und rechts hin- und herwarf. Mein Penis war steif. Kim schob sich näher an mich heran, und ich fühlte, wie sie mein Glied mit den Fingern berührte. Dann streifte sie mir fast unmerklich das Kondom über. Wie selbstverständlich schob sie danach meinen Körper auf ihren. Und danach führte ich mein Glied mit Kims Unterstützung in ihre Vagina ein. Unsere Bewegungen wurden jetzt eins, wie man sonst mit nichts und mit niemandem eins werden kann. Nichts geschah jetzt mehr losgelöst vom andern. Jede Bewegung floß wie ein Echo aus dem andern zurück. Ein Schwingen im gleichen Rhythmus schwerer, pulsierender Musik. Oder wie Wellen, wie hohe Wogen des Meers, aber mitten in uns, also außen mit innen vertauscht. Und ich spürte es bei mir kommen, als Kims ganzer Körper sich bäumte. Was folgte, kann man nicht mehr beschreiben. Es gibt keine Wörter, die dafür genügen. Ein ganzer Roman, reduziert auf die Sprechzeit von Augenblicken. Fünfhundert Seiten in einer knappen Minute herausgeschrien. Aber auch dann erreichte man nicht das Gefühl.

Ich hätte geschätzt, daß Mitternacht längst vorbei war. Aber es war erst kurz nach neun. Irgendwie mußte die Zeit stehengeblieben sein. Ich glaubte, das Universum durchkreuzt zu haben, und dazu braucht man die Ewigkeit. Jede Zeitvorstellung war völlig absurd, aber daß wir nur eine halbe Stunde zusammengelegen hatten, machte bewußt, daß wir in eine andere Dimension gestoßen waren, die nicht in Sekunden, Minuten und Stunden zu teilen war. Zurück auf der Erde, war es mir unbegreiflich, daß alles genauso geblieben war wie vorher. Nicht mal die Kerzen waren heruntergebrannt. Das Brot war noch frisch wie gerade erst angeschnitten und der Käse saftig und fest. Als wir den Wein probierten, schmeckte er kühl und würzig, als wäre er vor einer halben Stunde entkorkt worden, um zu atmen.

Kim und ich sahen uns an. Ihre Haut war kein bißchen älter geworden, ihr Haar nur zerwühlt, doch kein bißchen verfärbt. Kim war so schön wie vorher, nur daß die Züge in ihrem Gesicht jetzt noch weicher waren und unschärfer in der Kontur, aufgelöst wie ihr Haar.

Kim streichelte mein Gesicht und küßte mich. Und ich beugte ihren Körper noch einmal zurück auf die Liege und legte mich auf ihre Haut. Es war schön, so dazuliegen und Kim zu spüren. Ihren Atem in meinem Gesicht. Ihren Bauch gegen meinen. Ihren Herzschlag an meiner Brust. Es hätte immer so weitergehen können. Nichts fehlte mir. Aber nach einer Weile wurde es kühl. Kim war die erste, die anfing zu frieren. Da ließ ich sie los, und wir standen auf und gingen ins Badezimmer.

Als sie das Licht anmachte, war es hart und kalt wie der ganze Raum. Neonstrahler auf Fliesen und Chrom. Polierte Unantastbarkeit. Es schien, als kehrten wir zurück in eine andere

Wirklichkeit, in der nichts so war wie das, was wir gerade erlebt hatten.

Zwischen zwei Welten lebt sich nicht gut. Kim schlug deshalb vor, wir sollten noch ins Kino gehen, in die Spätvorstellung. Es war nicht wichtig, was lief. Also guckten wir in keine Zeitung, prüften nur, wie warm es noch draußen war. Es ging auf Ostern zu. Die Nacht erwies sich schon einigermaßen frühlingshaft, wenn auch nicht richtig mild.

Kim wollte unbedingt wieder ihr kurzes Kleid anziehen.

»Wenn ich nicht gerade mit dir im Bett bin, ist es das Kleid dieser Nacht. Und wenn wir Lust haben, kann ich damit auch nachher noch in die Disco«, erklärte sie und zog es sich über die Haut.

»Nur wenn du nackt bist, bist du noch schöner«, sagte ich.

»Das wär mir dann aber doch draußen zu kalt«, antwortete sie mit gewohnt keckem Lachen.

»Schade«, gab ich lachend zurück.

Kim zog sich weiter an, dann schminkte sie sich lange. Am Ende stand sie in dicker Windjacke verpackt im Flur. Unten staken zwei Schenkel hervor, in hautfarbenes Nylon gehüllt, und mündeten in langen schwarzen Stiefeln.

»Gefall ich dir?« fragte sie und posierte vor mir wie ein Mannequin, eine Hand hinten am Kopf in die Haare geschoben.

»Immer«, sagte ich. »Du bist unglaublich sexy.«

»Danke«, antwortete sie. »Jetzt zeig noch dich.«

Ich trug die üblichen Jeans, obenherum den Wollpullover, mit dem Kim ihr Debüt bei meiner Mutter gegeben hatte. Darüber nach langen Wintertagen zum ersten Mal wieder, extra für Kim, meine schwarze Lederjacke. Das gute Stück – nur für besondere Anlässe zugelassen und absolut untragbar in der Schule, weil es sofort den Zombies die Glotzklunker schärfen würde.

Kim betrachtete mich wohlwollend, wenn ich auch nicht das passende männliche Model abgab. Dann küßte sie mich.

»So nehm ich dich mit. Wenn ich nicht gerade mit dir geschlafen hätte, würde ich glatt versuchen, dich heute nacht anzumachen.«

»Flittchen.«

»Gönn mir doch auch was.«

»Gleich zweimal?«

»Mindestens.«

»Ganz schön stark.«

Und wir verließen unsere Liebeshöhle für einen nächtlichen Ausflug. Der Spätfilm, für den wir uns entschieden, war nichts für zarte Seelen. Ziemlich viel Horror in Cinemascope. Himbeerblut neben einem zertrümmerten Frauenschädel, der auf regenglänzendem Kopfsteinpflaster lag. Harter Kontrast zwischen Schwarz und Rot. Dann verdunkelt ein Schatten das Bild und rennt fort. Der Rest wiederholt sich: Frau um Frau stürzt aus dem Fenster und stirbt, weil der mit dem Schatten in jeder Frau seine Mutter sieht, die ihn als Kind mißbraucht hat. Ich hatte über den Film in einer Zeitschrift gelesen.

Es lohnte nicht hinzugucken. Kim und ich fingen an, uns zu küssen. Allerdings verpaßten wir dadurch den einzigen Reiz: die Gruseleffekte, die Horror erfolgreich machen. Nach einer halben Stunde standen wir auf.

»Sollen wir in die Disco?« fragte mich Kim im Vorraum.

»Von mir aus ja.«

»Der kürzeste Weg geht aber leider an unserer Schule vorbei.«

»Und ist nachts ziemlich einsam, weil alle Lehrer schon schlafen.«

»Hast du Angst nach dem Film?«

»Welchem Film? Haben wir einen gesehen?«

»Also los dann.«

Die Fußgängerzone war bereits menschenleer. Nur ein Reinigungswagen bürstete fauchend über die Platten im Kampf gegen Pappschalen und Weißblechdosen. Sonntagssauberkeit war angesagt. Der Putzkrieg war mühsam. Wir sprangen über die Spritzfontänen, mit denen der Fahrer des Wagens den Straßendreck zu ertränken versuchte, aber das meiste nur wie eine Staubwolke auftrieb.

Am Ende der Fußgängerzone wurde es dunkler. Keine Schaufenster spendeten mehr ihr verlockendes Licht. Bloß alle fünfzig Meter eine bescheidene Schummerlaterne. Zehn Minuten marschierten wir durch die Trostlosigkeit, die von unzähligen parkenden Autos gesäumt wurde, ehe wir in die Straße einbogen, an der unsere Schule liegt. Die ganze Straße war leer, weil gegenüber der Schule das Arbeits- und das Finanzamt stehen. Also gibt es hier nachts keine Autos. Und wer geht noch vor Mitternacht eben mal zwischen Schule und Ämtern spazieren?

Wir konnten uns nicht entscheiden, ob wir links oder rechts auf den Bürgersteig wollten. Also gingen wir in der Mitte der Straße. Jedes Auto wär schon von weitem zu hören und zu sehen gewesen. Keine Gefahr.

»Allein würd ich hier trotzdem nicht hergehen wollen«, sagte Kim und drückte sich an mich.

»Und du meinst, zu zweit sind wir stark?«

»Hab jedenfalls nie gehört, daß auch Mädchen in Begleitung überfallen werden.«

»Stimmt, ist mir noch gar nicht aufgefallen.«

»Was glaubst du, warum immer noch so viele Frauen in Männerbegleitung gehen, trotz Emanzipation?«

»Und sonst gibt es keinen Grund?«

Kim faßte mich plötzlich noch fester. Wir hörten Schritte. Mehrere Schritte zugleich. Rennende Schritte. Aber wir sahen nichts. Von vorn kam uns niemand entgegen. Wir drehten uns um. Auch hinter uns keine Gestalten. Die Straße vollkommen leer. Und es gab nichts, wo man sich hätte verstecken können.

Aber dann sprangen keine zehn Meter vor uns vier Leute in Armyjacken auf die Straße. Ich hörte, wie Kim einen Schrei unterdrückte. Sie kamen aus dem holzbewehrten Seitenweg, der zur Ruine des Schulanbaus führte. Den Schmalsteg hatten Kim und ich ganz vergessen. Sie rannten an uns vorbei. Vermummte mit gleichen Tüchern vor Nase und Mund. Kapuzen verdeckten die Haare. Ich hätte keinen von ihnen beschreiben können. Alle vier nicht auseinanderzuhalten.

Ihre Schritte entfernten sich. Kim atmete einmal tief durch. Wir standen wie angewurzelt. Plötzlich noch einmal rennende Schritte. Sie kehrten zurück. Aber nicht alle. Ich drehte mich um und sah eine der vier Gestalten direkt auf uns zulaufen.

Eine Mädchenstimme schrie uns entgegen: »Renn, Mozart! Renn! Renn um dein Leben! Oder du fliegst in die Luft!«

Und dann stand die Gestalt direkt vor mir. Sie zog an meiner Jacke, zerrte und stieß mich: »Lauf weg!«

Ich starrte in ihre wilden Augen. Sylvies Augen. Jetzt erkannte ich auch ihre Stimme hinter dem Tuch.

»Mach doch, du Scheißkerl! Renn endlich los!« Es klang wie ein Flehen.

Dann sprang sie zurück und verschwand.

Kim hatte sie mit keinem Wort erwähnt. Als ob Kim unsichtbar wäre. Obwohl sie ganz deutlich neben mir stand.

Aber im Moment war das unwichtig. Kim und ich begriffen: Wir waren in Gefahr, auch wenn wir nicht wußten, weshalb. Wir rasten in die Richtung zurück, in die Sylvie fortgelaufen war. Weg! Weg! Bloß weg hier! Plötzlich hatte ich panische Angst.

Wir erreichten die erste Querstraße und liefen hinein. Dann Krachen und Bersten. Höllenlärm einer Explosion. Die Druckwelle warf uns wie ein Faustschlag gegen das nächste Auto. Zwei Meter nach vorn. Das kalte Blech preßte uns die Luft ab. Zweige und Äste flogen über die Straße, Holzlatten, Planen. Um uns herum schepperte es. Fenster barsten in den Wohnungen über uns. Menschen schrien vor Schreck und Entsetzen. Wir hatten

Glück, denn vor den wirklich großen Geschossen bargen uns wie ein Schutzwall die Häuser. Aber der Anblick, der sich uns bot, reichte uns schon. Dabei dauerte die schreckliche Explosion nur Sekunden.

»Weg hier!« schrie ich, als ich wieder zu Atem kam. Aber ich hörte mich kaum. Der Druck auf das Trommelfell hatte mich taub gemacht. Wahrscheinlich auch Kim.

Irgendwie verstand sie jedoch, was ich wollte. Wir rannten los. Hinter uns wurde der Himmel über den Häusern rot.

Schule der Angst

Die ganze Zeit stell ich mir eine einzige Frage: Wie kommt jemand in den Besitz einer Bombe? Gibt es so was am Schießplatz, wo Lars sich mit seinesgleichen trifft? Wieviel Sprengstoff braucht man überhaupt, um einen wackligen Plattenbau klein zu kriegen und im größeren Umkreis die Fenster klirren zu lassen?

»Willst du zur Polizei?« fragte mich Kim nach unserer Flucht.

»Lieber nicht«, antwortete ich, »sonst geht auch bei uns eine Bombe hoch.«

Sie nickte. Ich weiß warum. Lars wohnt bei ihr um die Ecke. Da vergeht einem schon mal der Mut.

Aber auch ohne die Rache der Zombies: Wir können gar nicht zur Polizei. Nicht mal Kim würde verlangen, daß ich Sylvie so aus dem Weg räume. Außerdem weiß sie gar nicht, was zwischen Sylvie und mir alles war.

Immerhin hatten uns Sylvie und ihre Zombies eine Woche schulfrei beschert. Die Aufräumarbeiten zogen sich hin, weil in den Klassenzimmern nicht nur Fensterscheiben ersetzt werden mußten, sondern auch herabgestürzte Lampen, geborstene Türfüllungen, gegen die Wände geschleuderte Tische und Stühle. Kartenständer hatten ihre Geschoßqualitäten unter Beweis gestellt und sich tief ins Mauerwerk gebohrt. Von den hohen Decken in allen Klassen hatte sich Mörtel gelöst, von den Wänden der Putz, von den Böden das knarrende Holz. Wasser- und Stromleitungen mußten gesichert werden. Die Druckwelle der Explosion im benachbarten Neubau hatte bei uns alle Rohre gelockert und zum Teil stark verbogen. In den Klos waren die Trennwände über den Schüsseln zusammengekracht.

Noch schlimmer war es in den Gebäuden des Arbeits- und des Finanzamts, obwohl die ein paar Meter weiter vom Explosionsort entfernt standen. Aber der Druck hatte dort liebevoll sämtliche Aktenberge vernichtet, indem er sie über die Zimmer und Flure verstreute und wichtige Dokumente aus den Ordnern riß, die dann von widrigen Winden auf Nimmerwiedersehn aus Fenstern und Türen getragen wurden, wie das bei Durchzug so geht. Unten auf der Straße fügten sich angeblich alle Dinge auf seltsame Weise wieder zusammen: Steuererklärungen schoben sich unter Arbeitslosengeld-Bescheide, Mahnungen unter Belege. Jeglicher Datenschutz außer Kraft gesetzt. Heilloses Chaos zum Mitnehmen für jedermann.

Außerdem hieß es, das Rechenzentrum von einer der beiden Behörden sei ausgefallen. Und die Bildschirme sämtlicher PCs seien zerstört. Vermutlich waren sie urplötzlich ihrer altmodischen Leicht-Konkurrenz aus Kugelschreibern und Lochern nicht mehr gewachsen gewesen, weil die ihre Chance wahrnahmen, sich absolut zielgenau in die moderne Technik am Arbeitsplatz katapultieren zu lassen. Ob freilich stimmte, daß alle Computer erledigt waren, wage ich nicht zu behaupten. Wo es knallt und kracht, explodiert auch meistens die Phantasie.

Trotzdem war es unglaublich, wieviel eine Bombe im Umkreis von hundert oder zweihundert Metern verwüsten kann. Kleinere Bäume hatte sie einfach mit Stumpf und Stiel aus dem Boden gerissen, Laternenmasten standen geknickt. Rigips, Pappe, Holz, Styropor lagen in allen Größen auf die Straße geschleudert herum. Und Glas, Glas in feinen Splittern mit nadeldünnen Spitzen oder in keilförmigen Scherben mit klingenscharfen Kanten.

Dies ist ein unvollständiger Bericht der Zerstörung, weil ich nur einmal mit Kim am Sonntag morgen vor Ort war. Der größte Teil meiner Kenntnisse stammt bloß aus Erzählungen sowie aus Zeitungs- und Fernsehberichten. Von der Ruine zum Beispiel, in der die Bombe hochgegangen war, sahen wir selbst nur die verrußten Brandlöcher der Vorderfront und daß in ihr jetzt auch die letzten Zacken der Scheiben fehlten, die nach dem Baustopp in grauer Vorzeit von ein paar treffsicheren Schülern zerschlagen worden waren. Hohläugig starrte der Neubau zurück. Daß aber das ganze wacklige Hinterteil des Gebäudes gar nicht mehr frei in der Luft schwebte, sondern restlos über dem fehlenden Unterbau zusammengekracht war, konnten wir von der Straße aus nicht erkennen. Es gab von vorn keinen einzigen Anhaltspunkt, daß sich das Haus auf seiner Rückseite neuerdings im offenen Querschnitt zeigte wie ein noch undekoriertes Puppenhaus, bloß größer und mit verkokelten Stützpfeilern als Interieur. Man ließ uns einfach nicht nah genug an die Ruine heran. Das gesamte Gelände war mit rotweißem Plastikband abgesperrt.

Erst die Nachrichten im regionalen Mittagsfernsehen gaben mir zu erkennen, daß also auch die Bühne für meine verjährte Peepshow gar nicht mehr da war. Was ich mir so sehr für die Nacht mit Kim gewünscht hatte: endlich die peinlichste Szene meines Lebens gründlich zu tilgen, war auf ganz andere Weise, als ich gedacht hatte, tatsächlich wahr geworden. Der Schauort war weg, den ich sonst jeden Vormittag durch die hohen Schulfenster unseres hehren Kaiser-Wilhelm-Baus vor Augen gehabt hatte. Doch das Ergebnis befriedigte mich nicht. Ich hatte viel mehr gewollt, als daß nur die Bühne herabstürzen sollte, auf der ich mal nackt als Adonis posiert hatte.

Aber nur Sylvie war es gelungen, über die Neubauruine hinaus noch etwas anderes zu zerstören, etwas, das nicht in den Nachrichten vorkam. Die Bombe, die explodiert war, hatte – das wußten nur Kim und ich – unsre Samstagnacht in zwei Hälften geteilt, die nicht mehr zusammenpaßten. Mit einem Schlag waren wir plötzlich von allem abgeschnitten, was wir gemeinsam in den früheren Stunden des Abends bei Kim erlebt hatten. Wer einen Sinn für Symbole hat, kann behaupten, die Ruine in ihrem Endzustand bot ein perfektes Abbild unserer Situation nach der Bombe: Die eine Seite des Hauses zerstört. In der anderen hocken im Dunkeln Mister Panik und Fräulein Angst. Und Sylvie schaut aus ihren immer und überall gegenwärtigen Geisteraugen durch die starrenden schwarzen Höhlen herein wie die hungrige Katze ins Mauseloch.

Kim und ich waren nach der Explosion nach Hause gerannt, saßen in ihrem Bett und froren. Immer wieder tauchten die vier vermummten Gestalten auf. Kim hatte geglaubt, sie würden im nächsten Moment über sie herfallen.

»Du hättest gar nichts machen können«, sagte sie. »Sie waren zu viele. Im Zweifelsfall hätten dich zwei oder drei einfach festgehalten. Und einer hätte mich dann vergewaltigt. Danach hätten sie ihre Plätze gewechselt.«

»Das Mädchen wahrscheinlich nicht.«

Ich vermied es, Sylvies Namen zu nennen. Als ob sich Gefahren bannen ließen, indem man sein Wissen verschweigt. Auch Kim sprach nicht von Sylvie oder womöglich von Lars.

»Hör auf, mir ist nicht nach Scherzen zumute«, erwiderte sie nur nervös.

»Mir auch nicht.«

»Wieso sagst du dann so was? Drei Jungen wären genauso schlimm gewesen.«

»Ich weiß.«

»Gar nichts weißt du. Du bist ein Mann.«

»Es ist aber nichts passiert.«

»Spinnst du? Eine Bombe explodiert, und du sagst, es ist nichts passiert?«

»Das hab ich nicht gemeint.«

»Was denn?«

»Daß die vier dich nicht vergewaltigt haben.«

»Vergewaltigt? Hör dir das Wort doch mal an. Es geht um Gewalt. Wenn eine Bombe explodiert: Wirst du dann nicht vergewaltigt? Sind die Leute nicht im Schlaf vergewaltigt worden, als wir sie schreien hörten? Als die Scheiben barsten in ihren Schlafzimmern? Stell dir vor, es wär hier passiert? Vorhin, als wir zusammen waren. Es hätte doch auch hier passieren können. Und was noch schlimmer ist: Es kann jeden Tag hier passieren. Jeden Tag kann vor der Tür eine Bombe losgehen. Oder in der Schule oder sonstwo. Zu Hause bei dir. Überall. Die immerwährende Bedrohung, das ist überhaupt die schlimmste Vergewaltigung, die ich mir vorstellen kann. Weil sie nichts von dir übrig läßt. Dir keine Chance gibt.«

»Ich wollte nur sagen, du bist nicht verletzt.«

»Ich bin nicht verletzt? Ich bin wohl verletzt. Seelisch bin ich verletzt. Ich habe Angst, noch irgendwo über die Straße zu gehen, weil jederzeit eine neue Bombe explodieren kann. Vielleicht wird mein Unterleib dann nicht bloß gegen eine Autotür gedrückt, sondern voll gegen den Außenspiegel gecrasht, mit aller Gewalt, und er bohrt sich in meinen Uterus. Kann doch passieren. Oder die Bombe reißt mich gleich in tausend Stücke. Ich fühl mich auf Schritt und Tritt bedroht. Und du sagst, es ist nichts passiert? Ich bin nicht verletzt?«

Kim schluckte. Sie fing an zu weinen. Ich versuchte, sie zu streicheln, aber sie wies mich ab. »Laß mich.«

Ich schwieg. Meine Gedanken sprangen zwischen Sylvie und Kim hin und her.

Später redeten wir weiter. Kim schlang ihre Arme um mich und sagte: »Entschuldigung.« Dann weinte sie wieder.

»Du mußt dich nicht entschuldigen«, sagte ich. »Aber hör auf zu weinen.«

»Ich kann nicht«, antwortete Kim. »Es war so schön mit dir.«

»Ja, auch mit dir.«

»Aber jetzt ist die Nacht zerstört. Vergewaltigt. Alles ist zerstört. Ich habe Angst, daß sie wiederkommen mit einer Bombe oder mit was weiß ich.«

»Nein! Nein!« schrie ich auf. Ich war verzweifelt. Ich wußte, sie hatte recht. Aber ich wollte es nicht zulassen.

»Doch«, flüsterte Kim.

»Sag das nicht!«

Wir weinten jetzt beide. Und hielten uns fest. Es war schon fünf Uhr am Morgen. Wir konnten nicht mehr.

Nach einer Weile küßte mich Kim auf den Mund.

»Ich bin müde«, sagte sie schwach.

»Ich auch.«

Wir legten uns hin, die Gesichter zueinander gekehrt, die Arme fest umeinander geschlungen.

»Wieso hat dich Sylvie eigentlich Mozart genannt?« fragte sie leise in mein Gesicht. Es war das erste Mal, daß sie Sylvie erwähnte. Warum gerade jetzt?

Erschöpft dachte ich nach, was ich ihr antworten sollte.

»Wegen einer CD, die ich habe«, sagte ich dann.

»Mozart?«

»Ja.«

»Kleine Nachtmusik?«

»Nein. Aber so etwas Ähnliches.«

»Spielst du sie mal, wenn ich bei dir bin?«

»Mach ich.«

»Oder stört es dich?«

»Nein, es hat gar nichts mit Sylvie zu tun.«

Dann schliefen wir ein.

Nach einer Woche kehrten wir in die Schule zurück. Morgens, als wir an der Ruine vorbeigingen, sahen wir schon ein Abrißkommando mit schwerem Gerät in Aktion. Der Neubautrakt war so instabil geworden, daß er jederzeit einstürzen konnte.

Ein mobiler Kran schwenkte eine schwarze Eisenkugel an seinem Ausleger gegen die ineinander verfugten Platten. Stück für Stück brach das Gebäude zusammen. Große Teile platzten heraus. Manchmal hingen die schweren Tafeln noch eine Weile lose in ihrem Verbund, ehe der nächste Kugelschlag sie herausriß. Donnernd stürzten die Platten herab. Weißlicher Staub wirbelte empor und hüllte den Rest der Ruine in einen Schleier. Langsam trieben die Wolken auf unsere Schule zu und legten sich wie Saharasand auf die neuen Fenster. Staunend sahen wir zu und wunderten uns, wie schnell sich der Abriß jenseits der Scheiben vollzog.

Ich hatte damit gerechnet, daß nun das Thema Gewalt an unserer Schule intensiv diskutiert werden würde. Erst die Steinewerfer bei unserer Demonstration, jetzt die Bombe in der Bauruine. Die Stimmung der Medien war umgeschwenkt. Draußen bildete sich eine wachsende Front gegen unsere Schule. Nicht nur lodenbemäntelte Ordnungsfanatiker gehörten dazu.

Aber wie damals, als Sylvie Denisa die Treppe hinabstieß, schauten die Lehrer weg. Auch jetzt forschte niemand gründlich nach Ursachen und befragte uns Schüler nach unserer Meinung. Entweder verwiesen sie auf die noch laufende Fahndung der Polizei, oder sie wehrten sich kategorisch gegen Verdächtigungen, die Täter könnten in unseren eigenen Reihen sitzen. Immer zogen sie sich auf den Standpunkt zurück, daß kein Schüler bei uns in der Lage sei, eine Bombe geeigneten Ausmaßes selber zu basteln. Vielleicht hatten sie Angst, wenn sie Stellung bezogen, höchsteigen ein bißchen Feuer unter den Lehrerhintern zu kriegen. Aber klammheimlich waren die meisten vor allem froh, daß die Ruine endlich verschwand, wer auch immer mit welchen Mitteln da nachgeholfen hatte. Der Neubau rückte ganz unerwartet in Sicht.

Natürlich zeigten sie angemessen Entsetzen über die schweren Verwüstungen ringsum. Aber für alle war klar, die Gewalt kam natürlich von außen. Sie wollten es so. Nur wenn es Tote gegeben hätte, wären sie anders verfahren und hätten das sinnlose Sterben zum Thema gemacht. Doch so, ohne Tote und Schwerverletzte, war es wichtiger, den in einer Woche versäumten Unterrichtsstoff wieder aufzuholen. Die einzige Rache der Lehrer hieß Arbeiten schreiben und war willkürlich gegen alle und niemand gerichtet. Die erste Deutsch-Hausarbeit lautete nicht: *Mein Verhältnis zur Gewalt*, sondern: *Warum dürfen Männer dicke Bäuche haben?*

Wieder war Sylvie die Provokation mißlungen. Niemand stritt mit ihr über die Anwendung von Gewalt. Nur der Staatsapparat fahndete nach den Bombenlegern und suchte sich tot. Kim und ich waren die einzigen, die über Sylvie & Partner Bescheid wußten. Aber wie sollte ich Sylvie zur Rede stellen? Indem ich ihr sagte, sie hätte uns angst gemacht? Einen Schrecken eingejagt, als sie vermummt auf die Straße trat? In Panik versetzt, als die Druckwelle der Explosion uns die Fetzen um die Ohren knallte? Eine halbe Nacht gestohlen, weil das Entsetzen zu tief saß, um Arm in Arm noch mal wegzuträumen? Eine halbe Nacht oder eine Ewigkeit?

So schwiegen alle an diesem ersten Schultag nach der Bombenexplosion. Auch ich dachte schließlich während des Unterrichts, mein gestörtes Glück reichte als Argument gegen Sylvies Gewaltversuche nicht aus. Und ich hatte nichts anderes in der Hand, um mit Sylvie zu reden. Ich wußte, ich war wie die Lehrer, die sich auch nicht trauten. Gewalt war ein gefährliches Thema von unermeßlicher Dimension, unkalkulierbarer Sprengkraft.

Aber ich schreibe und schreibe wie eh und je. Nichts hat sich geändert, wie ich erhoffte. Es nimmt mit dem Schreiben kein Ende. Immer noch sehen mich Sylvies Augen an und beobachten mich. Ich werde ihre Geisteraugen nicht los. Immerzu folgen sie mir. Immer weiter und weiter. Sylvie gibt keine Ruhe. Ihre Augen klammern sich an mir fest, als brauchten sie mich, um zu leben. Ist es das, Sylvie, warum du mir zugeguckt hast, als deine Zombies mir meinen Sexauftritt boten?

Die Tage vergehen. Kim hat keine Zeit, weil ihre Oma da ist. Oder sie will gar nicht mehr aus dem Haus, weil sie Angst hat. Immer noch Angst. Wir haben beide Angst. Wir kaschieren sie nur voreinander, damit sie nicht auch noch anwächst. Wenn wir in der Schule zusammenstehen und reden, versuchen wir Witze zu machen und albern herum.

»Ich steh auf Omas. Soll ich dich mal besuchen?« fragte ich gestern, weil ich Angst hatte vor dem Alleinsein und lieber mit Kim zusammensein wollte.

»Ich denke, du stehst auf *mich*«, gab sie zur Antwort und blockte ab.

»Na gut, aber ich kann doch mal nachschaun, wie du vielleicht mit siebzig aussehen wirst«, versuchte ich es in einem weiteren Anlauf.

»Abwarten. Irgendein Risiko muß ja bleiben«, hielt sie dagegen.

»Schade.«

»Außerdem mag meine Oma kein schwarzes Minikleid.«

»Na und?«

»Ich spiele zur Zeit braves Mädchen. Darauf steht *meine Oma*.«

»Wie schrecklich. Und du bist sicher, sie ist wirklich mit dir verwandt?«

»Nein, ich bin ein Findelkind.«

»Woher weißt du?«

»Denk mal nach: Oma brav, Eltern brav, und dann ich?«

»Du machst mich neugierig auf deine Leute.«

»Sag jetzt bloß nicht, du stehst auf *brav.*«

»Nein, nur auf Kontraste.«

»Mein Vater schmeißt dich raus. Von wegen Verführung Minderjähriger.«

»Soll ich ihn mal aufklären, wer wen verführt hat?«

»Wer denn?«

»Das weißt du genau. Wer hat mich denn zu einer Liebesnacht nach Hause eingeladen und dann das kleine Schwarze angezogen, du oder ich?«

»Na gut, gewonnen. Aber *du* magst es.«

»Und ob.«

»Lüstling. Und damit willst du bei meinem Vater landen? Der hält mich bis achtzehn im Schrank.«

»Macht er das mit deinem Bruder genauso?«

»Quatsch, der ist ein Junge.«

»Ich dachte schon.«

»Was?«

»Daß ihr zusammen im Schrank steht.«

»Blödmann, mein Bruder ist elf. In den Augen meines Vaters bin ich nur leider genauso zu jung für die Liebe wie Björn.«

»Das seh ich anders.«

»Eben. Ich auch. Also, was willst du von meinem Vater?«

»Dich.«

»Warum von ihm?«

Kim hatte immer die besseren Argumente. Sie lachte. Wir küßten uns lange zum Abschied. Dann ging sie, wie an den vergangenen Tagen, alleine nach Haus.

Auch ich trottete Richtung Heimat. Meine Mutter war völlig high, daß ich sie plötzlich tagein, tagaus beehrte. Sie fragte mich stundenlang über die Bombenexplosion aus. Dabei kriegte sie alle Details vom Fernsehen frei Haus geliefert. Und der Samstagnacht-Spätfilm in meinem Kopf war nichts für sie.

Wenn ich nach Hause kam, wußte ich, würde ich schreiben. Ich bleibe am Ball. An Sylvies Augenbällen, die manchmal wie in einem Mabuse-Film allein durch mein Zimmer kurven. Wenn früher Sylvies lange blonde Haare mein Traum gewesen sind, dann sind jetzt ihre Geisteraugen mein Alptraum. Ich bin auf ihre Augen fixiert, das weiß ich. Wahrscheinlich glotz ich inzwischen Sylvie und ihren Oberzombie genauso an.

Auf einmal stehen Tom und Jan vor mir. Zombie 1 und Zombie 2. Ich weiß nicht, woher sie so plötzlich aufkreuzen.

»Da bist du ja, Süßer«, sagt Tom.

»Wir haben auf dich gewartet«, meint Jan.

Zombie 1 tritt hinter mich, reißt mir die Schultasche aus der Hand und verschränkt mir die Arme auf meinem Rücken.

»Aufgepaßt, Süßer«, sagt Zombie 2.

»Brauchst dich heute auch gar nicht auszuziehen«, ergänzt ihn von hinten Tom.

»Mozart behält seine Kugeln diesmal im Frack«, redet Jan weiter.

Zombie 1 verrenkt mir die Arme noch schmerzhafter nach hinten. Ich schreie auf.

»Gut so«, sagt Zombie 2. »Wir verstehen was von Musik. Gleich kannst du schreien, soviel du willst.«

Er tritt noch einen Schritt näher auf mich zu und bläst eine riesige Kaugummiblase in mein Gesicht.

»Siehst du noch was?« fragt Jan scharf.

Ich antworte nicht.

»Ob du noch siehst?«

Tom zerrt an den Armen, während Jan fragt.

Ich sage nein.

»Lauter.«

»*Nein!*«

»Gut so«, sagt Tom von hinten.

»Und jetzt ...« Zombie 2 hebt sein Knie und stößt es mir voll in die Eier.

Ich schreie auf.

»Schön klingt das, Mozart. Mach weiter.«

Er stößt ein zweites Mal zu.

Ich kann mich nicht krümmen, weil Zombie 1 meine Arme nach hinten reißt.

Aber schreien kann ich.

Ich schreie, auch wenn ich weiß, daß mich niemand hört. Aber der Schrei ist nur kurz. Ich krieg keinen Atem. Mein Gesicht ist total verklebt. Innen wie außen.

»So, und jetzt noch was«, sagt eine andere Stimme auf einmal. Der Oberzombie tritt in Aktion.

»Wenn du noch länger deine Nutte ficken willst, dann schütz deine Eier, verstanden?«

Ich spüre sein angezogenes Knie.

»Am besten, du hast Samstag nacht genauso wenig gesehen, wie jetzt, ist das klar, Mozart?«

Ich nicke.

»Nicht singen, sonst schreist du, verstanden? Und das bekommt Mozarts Vögelchen nicht.«

Er stößt mir persönlich sein Knie in die Eier.

Ich schrei wie auf Kommando.

»Wetten, Mozart, da unten ist ganz schnell keine Musik mehr drin«, quasselt Graf Zombie immer noch weiter. »Was machst du dann?«

Zombie 1 lacht von hinten. »Dann ist es aus mit dem Wunderknaben.«

»Genau«, sagt Zombie 2 von der Seite, wo er jetzt anscheinend steht. »Wer will ihn dann noch?«

»Eben«, sagt ihr Oberzombie von vorn.

»Das reicht. Hört schon auf«, spricht eine Mädchenstimme

aus dem Off. Die berühmte Fata Morgana. Ich erkenne sie wieder. Auf Anhieb.

Tom läßt mich los, doch im gleichen Moment krieg ich von vorn einen Schlag in die Magengrube.

Ich stöhne.

Ich krümme mich.

Ich taumele, stolpere rückwärts, stürze zu Boden.

Ich bleibe liegen.

Schritte entfernen sich. Schnelle Schritte. Von mehreren Personen, vermutlich vier.

Ich röchle.

Ich rege mich nicht.

Ich stöhne.

Ich rege mich.

Ich stütze mich auf einen meiner verrenkten und schmerzenden Arme.

Ich nehme die andere Hand und versuche, mir diese riesige Kaugummiblase von meinem Gesicht zu pulen. Schwieriges Unterfangen mit meinen verbogenen Knochen. Ich bin froh, wenn ich wenigstens wieder gucken kann. Jan scheint mindestens zehn Gummikugeln auf einmal gekaut zu haben. Ziehende, klebrige Masse, die sich von den Haaren bis auf die Jacke verteilt und die Augenlider, die Nasenlöcher verklebt. Bis ich was sehe, ist kein Mensch weit und breit mehr zu sehen.

Ich such meine Schultasche.

Ich schlepp mich nach Hause.

Und das war es dann. Meine Mutter erkennt mich nach einem skeptischen Blick, obwohl ich aussehen muß wie ein amerikanischer Kürbiskopf zu Halloween.

Sie fragt, was passiert ist.

»Eine Gummiblase ist explodiert.«

»Was?«

»Ach, laß mich.«

»Hast du Schmerzen?«

Mutters Fürsorge rattert los. Muß gleich erkannt haben, daß ich nicht nur Kaugummi abbekommen habe, sondern auch etwas härtere Brocken.

»Mir tut alles weh.«

»Komm, leg dich erst mal hin.«

Sie schleppt mich ins Wohnzimmer auf die Couch, deckt mich zu, streichelt mir über den Kopf. Dann geht sie wieder hinaus, um zu holen, was sie braucht. Ich schließe die Augen. Ich bin am Ende. Von fern hör ich, wie meine Mutter ins Zimmer zurückkehrt. Sie setzt sich ans Kopfende und fängt an, mir die Gesichtsmaske zu peelen.

Starschnitt

Wo soll ich anfangen weiterzuschreiben? Zwei Wochen lang hab ich mich jeden Tag schwächer gefühlt, unfähiger, selbst den kürzesten aller denkbaren Bleistiftstummel zu heben, geschweige einen PC zu bedienen. Schweißausbruch. Und die Hand wär mir abgefallen. Jedes Glied baumelte schlaff wie am seidenen Faden von mir herunter, wenn ich aufstand. Es schmerzte, als wären die Marionettenfäden, die meine Nerven waren, zusätzlich angeritzt. Ich schlich zum Sofa zurück wie Pinocchio als Außerirdischer, dessen blaubunt gestylte Klapperglieder andauernd unter der Schwerkraft der Erde zusammensacken. Und die kurze Strippe zwischen meinen Staksebeinen hatte die Spannkraft eines ausgeleierten, brüchigen Gummibands.

Meine Mutter sorgte für mich wie für ein Findelkind, das drei Nächte lang nackt in einem Korb vor der Haustür gelegen hat. Das einzige, was sie nicht selber mit Salben bestrich, war das gerade erwähnte Gummiband. Aber sie hatte mir das Wohnzimmersofa gerichtet, damit ich ja nicht allein in meinem Zimmer lag und mich trostlosen Gedanken hingab, ob das *hölzerne Bengele* vom andern Stern je wieder seine Fäden spannen und die diversen Gliedmaßen heben konnte. Ich aber zitterte nur und klapperte mit den Zähnen, als hinge Pinocchio im Windzug an einer geöffneten Tür und würde unfreiwillig abstruse Morsesignale ins All aussenden.

Die Signale wurden verstanden. Kim kam am nächsten Tag

gleich nach der Schule. Meine Mutter geleitete den galaktischen Inspektionsdienst zu dem vom Himmel gefallenen Findelkind auf ihrem Sofa und ließ uns allein. Flüsternd gab ich Bericht von dem Weltraumcrash, der zur lädierten Landung vor Mutters Haustür geführt hatte.

»Wahrscheinlich war das die Bombe, auf die du immer gewartet hast«, sagte ich schwach.

»Gewartet nicht. Ich hab nur geahnt, daß etwas kommt.«

»Wenn ich dich noch länger ficken will, hat Lars gesagt, soll ich meine Eier schützen.«

»Typisch. Der ist schon genau wie sein Vater. Was anderes versteht er nicht. Ficken gleich männliche Macht. Ist wie Pistole schießen oben bei uns auf dem Schießplatz. Die Frau als Pappkamerad. Bloß keine Lust aufkommen lassen. Alles wie Papa es vorlebt. Na prächtig.«

»Woher weißt du das mit Lars' Vater?«

»Das weiß doch jeder bei uns. Immer wenn sich seine Mutter länger nicht beim Einkaufen sehen läßt, war sie reif. Wenn sie nicht schnell genug die Beine breit macht, schlägt er zu.«

»Trinkt er?«

»Lars' Vater? Klar, aber so richtig nur vorm Ficken. Damit seine Frau es besonders genießen kann.«

»Wieso denn nur dann?«

»Für die Pappkameraden auf dem Schießplatz braucht er einen klaren Kopf.«

»Und wie reagiert Lars?«

»Kommandiert danach bloß seine kleine Schwester herum und schickt *sie* los.«

»Was soll das heißen?«

»Einkaufen natürlich. Weil ihre Mutter nach so einem Auftritt nicht kann. Die fühlt sich dann so wie jetzt du. Aber was geht das Lars an? Er ballert inzwischen am Schießplatz auf Pappkameraden. Die totale Kopie seines Vaters.«

»Klingt ja trostlos.«

»Ist es auch.«

Wir schwiegen.

»Ich glaube, ich möchte nicht noch mal was von Lars auf die Eier kriegen«, sagte ich schließlich.

»Wahrscheinlich wartet er erst mal ab, ob du dich an seine Warnung hältst«, antwortete Kim.

»Stimmt eigentlich. Alles, was er jetzt ohne Grund unternimmt, erhöht nur sein Risiko.«

Verborgen in diesem Satz steckte die Hoffnung, Kim würde nun wieder zu jeder Tages- und Nachtzeit bereit sein, mit mir auf die Straße zu gehen. Obwohl das ein alberner Gedanke war, denn ich war Pinocchio, der Außerirdische, und in den Gluckenfedern meiner Mutter gestrandet. Von gemeinsamen Liebes-Loopings mit Commander Kim konnte vorerst gar keine Rede sein.

Und genau da lag der Hase mal wieder im Pfeffer. Kims Oma reiste am Wochenende nach Hause. Das Wochenende stand vor der Tür. Kim hatte nichts mehr zu tun, keine Verpflichtungen, höchstens noch, mich zu besuchen. Aber das war kein volles Programm. Denn so interessant ist Pinocchio, der Außerirdische, nicht unter den Trägheitsgesetzen der Schwerkraft, zumal als umsorgtes Findelkind in seinem Körbchen. Richtig berühmt geworden ist schon das alte *hölzerne Bengele* nur, als es sich selber auf Schwung brachte und die heimische Kammer seines Erziehers verließ. Wenn es damals schon hätte wegdriften können, ab in die unendlichen intergalaktischen Räume, dann hätte die Schwerelosigkeit ihm am Ende sogar anläßlich dieser Himmelfahrt seinen Faden zwischen den Beinen gehoben, und sein Erzeuger wär viel zu schockiert gewesen bei dem verdorbenen Anblick, als daß er das Bengele noch hätte haben wollen. Das ist es, weshalb ich so sehr auf meine Version von Pinocchio, dem Außerirdischen, schwöre.

Aber ich bin nur der hölzerne Pinocchio mit der langen Nase. Und Commander Kim dreht derweil allein ihre Loopings am intergalaktischen Liebeshimmel. Kim fliegt da oben die tollkühnsten Loopings der ganzen Schule. Einfach so, weil sie Lust darauf hat, sagt sie natürlich wie immer. Weil sie nicht mehr gefangen sein will in ihrer Angst vor einem drohenden Anschlag. Und ich hab sie darin auch noch bestärkt.

Nicht bloß bei uns an der Schule, ich kenn überhaupt kein Mädchen, das so was machen würde. Außer daß ich schon welche auf Fotos gesehen habe, aber die kannte ich nicht. Und jetzt ist Kim selber eine von denen. Und andere zeigen die Fotos herum.

Kims Brief kam vor wenigen Stunden. Absturz. Kontrolle verloren. Und hier ist verbrannte Erde.

Hallo, mein geliebter Schwerverletzter!
Ich kann nicht selber vorbeikommen, um Dir zu sagen, was heute morgen in der Schule passiert ist. Da der Direktor unbedingt meine Eltern benachrichtigen mußte (elender Fiesling), habe ich riesigen Ärger gekriegt und sitz wie die Maus im Schrank. Wir hatten schon mal dieses Thema. Mein Vater hat mich als Schlampe und Flittchen bezeichnet, und weil er glaubt, was er sagt, hält er mich ab sofort unter strengstem Arrest. Wenn es nach ihm geht, auf immer und ewig. Das wird ein hartes Leben. Ich weiß nicht, wie lange er sein Vorhaben durchhält. Doch so, wie ich ihn kenne, wird er endlose Monate Keuschheit verordnen und Verhaltens-Strichlisten führen, bevor es ihm angemessen erscheint, mich zurück in die freie Wildbahn zu schicken.

Das gibt eine schwere Zeit. Aber ich würde alles tun, um wenigstens in der Schule mit Dir zusammenzusein. Glaub mir, ich halte es ohne Dich nicht aus. Das klingt vielleicht lächerlich, weil ich es vierzehn Tage lang auch ausgehalten habe, als meine Oma hier war. Aber erstens war ich da abgelenkt, während ich ab sofort nichts mehr habe, was meine Sehnsucht nach Dir zerstreut. Und zweitens mußte ich erst über die Bombenexplosion hinwegkommen. Immer wenn ich an unsere erste Nacht gedacht habe, knallte es um mich herum, und es flogen die Fetzen. Ich wußte, wir waren zum Spielball der Bombenleger geworden, wie es sich neulich auch bestens an Dir bewiesen hat. Wenn Du willst, denk ruhig, ich war feige. Es stimmt, ich hatte jeden Tag eine beschissene Angst, auf die Straße zu gehen. Ich war froh, wenn ich zu meiner Oma nach Hause fliehen konnte, was sonst wirklich nicht meine Art ist. Du weißt, wie ich es hasse, eingesperrt zu sein. Aber nach der Explosion war es ganz einfach so. Ich kann es nicht ändern. Ich traute mich nicht, mit Dir zusammenzusein, weil ich dachte: Wenn es einen Anschlag auf uns gibt, dann am ehesten auf uns gemeinsam. Das war, wie Du weißt, eine krasse Fehleinschätzung. Doch ich konnte nicht anders. Vielleicht war es einfach nur eine Art Fluchtgedanke.

Nachdem sie Dich *schließlich verprügelt hatten, dachte ich, die Gefahr sei fürs erste vorbei. Du erinnerst Dich, wir haben noch drüber gesprochen, als ich bei Dir war. Du warst mit mir einer Meinung. Also hab ich mich von da an nicht mehr bedroht gefühlt und auch nicht in jedem Eckensteher sofort den schwarzen Mann gewittert wie vorher. Doch jetzt kommt die Scheiße, in die ich mich und Dich dadurch selber gebracht habe.*

Es ist schwer, Dir das Ganze zu schreiben, ohne Dich anzusehen. Ich möchte wissen, wie Du reagierst, und mit Dir reden und Dir erklären, was Du nicht verstehst. Weißt Du noch, wie wir manchmal das Wort Flittchen *gebraucht haben zum Spaß, weil ich mich nicht wie Papas Tochter benommen habe? Daß ich nicht brav war, hat Dir immer an mir gefallen, das weiß ich. Aber damals war das nur eine Sache zwischen uns. Jetzt bin ich ein* öffentliches Flittchen. *Und genau deshalb kann ich verstehen, wenn Du mich nun nicht mehr haben willst, jedenfalls wenn Du verletzt und enttäuscht bist. Ich wollte Dir nicht weh tun, schon gar nicht, nachdem sie Dich gerade so zugerichtet haben. Ich könnte mich ohrfei-*

gen, daß ich Dir nicht vorher gesagt habe, was ich tun würde. Das zeugt nicht gerade von großem Vertrauen, was übrigens stimmt. Ich dachte, vielleicht ist es besser, Dich einfach mit dem fertigen Resultat zu überraschen und nicht Deine vielen theoretischen Vorbehalte erst auszuräumen. Du fragst immer so viel und hast Deine Vorstellungen, die wir dann stundenlang diskutieren. Ich wollte nicht diskutieren, sondern bloß einfach etwas Verrücktes tun. Und ich wollte nach all meiner lähmenden Feigheit gucken, ob ich noch den nötigen Mut zu so etwas habe. Das klingt ziemlich absurd. Aber die ganze Zeit ohne Dich hab ich zu Hause gedacht: Wenn diese Zeit vorbei ist, muß was geschehen, sonst werd ich doch noch das Kind meiner Eltern (Du weißt, worauf ich anspiele!) und rege mich später genauso moralisch auf wie mein Vater. Übrigens war meine Mutter vorhin auch nicht viel besser. Hat mich angesehen wie einen Haufen Dreck und mich als erstes unter die Dusche geschickt. Als ob man bloß an sich rumwaschen müßte, um die Moral wiederherzustellen.

Verdammt, was für ein jämmerliches Herumgedruckse. Mir fällt auf: Seit mehr als zwei Seiten rede ich um den heißen Brei. So weit ist es also schon, daß ich mich nicht mehr traue, die Wahrheit zu sagen. Und im gleichen Atemzug fasel ich Sätze zusammen von wegen Mutbeweis. Jetzt kann ich mich doch beweisen, aber ich habe Angst, Dich zu verlieren. Deshalb muß ich Dir erst noch sagen, daß ich Dich liebe, und ohne Liebe zu Dir hätte ich niemals mit Dir geschlafen. Nur, daß Du das weißt.

So, und jetzt kommt es also ganz unverblümt: Ich habe mich nackt fotografieren lassen. Als mich ein Mann vor der Schule ansprach, fühlte ich mich von seinem Angebot ziemlich geschmeichelt. Es freut mich, wenn jemand mir sagt, daß ich schön bin. Und erst recht nach der schrecklichen Explosion. Irgendwie war nach dem Bombenanschlag alles in Frage gestellt. Was bedeutete denn noch Schönheit und daß man sich ständig anstrengt, schön zu sein? Aber auf einmal glaubte ich wieder daran, daß Menschen mich angucken, weil ich schön bin, und nicht, weil sie mir etwas antun wollen.

Anfangs sagte der Mann, er habe den Auftrag, Modefotos zu machen, und dafür suche er ein geeignetes Mädchen. Aber ich wußte sofort, wenn er wollte, würde ich mich auch nackt fotografieren lassen. Und genau darum ging es natürlich. Ehrlich gesagt, es hat mir Spaß gemacht. Aber wenn es Dich beruhigt (ich kenne doch Deine Gedanken): Es ist nichts zwischen dem Fotografen und mir passiert. Ich habe nicht mit ihm geschlafen. Er hat es nicht mal versucht.

Wenn Du das liest, denkst Du wahrscheinlich, ich bin so ein kleines naives Sexpüppchen, das keinen Grips im Kopf hat und sich vor jedem Mann willfährig auszieht. Aber in einem entscheidenden Punkt irrst Du Dich: Ich wollte es nämlich. Ich selber. Ich hatte Lust. Einfach so. Genauso wie ich Lust habe, Gedichte zu schreiben und Bücher zu lesen und Musik zu hören, zum Beispiel Mozart, den Du mir immer vorenthalten hast. Ich will das tun, was ich mir von einem Leben vorstelle. Und ich will nicht in Diskussionen gedrängt werden, wenn das einzige Ziel ist, mich irgend jemandes eifersüchtiger Moral zu beugen. Also hab ich Dir immer die Fliege im Glas *gezeigt, damit Du Dich nicht dran verschluckst. Jetzt ist es zu spät, Dich zu warnen. Du kannst nur selber entscheiden, ob ich Sexpüppchen bin oder doch ein stückweit emanzipiert.*

In der Klasse halten mich alle seit heute natürlich für ersteres. Klar, zumal wenn man bedenkt, wie ich mich habe reinlegen lassen. Irgendwie war ich ja auch naiv. Aber das Fotografieren hat in mir etwas ausgelöst, das schwer zu erklären ist. Und spätestens nach dem ersten Bild hab ich die letzte Hemmung verloren. Es war wie ein Rausch. Ich habe alles zugelassen.

So, und nun kommt es: Ich weiß nicht, ob Deine Ex-Freundin Sylvie heimlich im Atelier war, als ich nackt vor der Kamera lag. Irgendwie denk ich das heute. Aber egal, auf jeden Fall war sie die Auftraggeberin. Das hat sie selbst in der Schule verkündet. Der

Fotograf muß übrigens derselbe gewesen sein, der im letzten Jahr schon Denisa am Baggersee fotografiert hat, allerdings damals wohl heimlich, wie ich die Sache verstehe. Erinnerst Du Dich an die Fotos? Ich nehme an, daß sie mehr oder weniger harmlos waren im Verhältnis zu meinen. Denisa ist nicht der Typ, der sich freiwillig nackt vor eine Kamera stellt. Aber sie hat mir haarklein erklärt, wie sie sich für ihre Fotos geschämt hat. Kam ganz atemlos angerannt, um zu sagen, was Deine Ex gerade in Eurem Klassenraum machte. Wahrscheinlich fühlte sich Denisa als Leidensgenossin und wollte mir beistehen. Sie hat nur gar nicht den Unterschied zwischen ihren und meinen Fotos gemerkt. Aber immerhin war sie die einzige, die sich auf meine Seite gestellt hat.

Wenn es wenigstens beim Rumzeigen der Fotos geblieben wäre. Ich meine, für uns wär es schlimm geworden, das durchzustehen. Ich weiß, jeder hätte Dich ständig daran erinnert, was ich gemacht hab. Aber vielleicht hättest Du ja doch nach einer Weile zu mir gehalten, weil Du weißt, wie ich wirklich bin.

Doch als angeblich Eure Mathelehrerin etwas zu früh in die Klasse kam, kursierten die Fotos noch, und nach flüchtiger Sichtung konfiszierte Madame, was sie kriegen konnte, und schleppte die Schanddokumente auf schnellstem Weg zum Direktor, wie nun mal Lehrer so sind. Natürlich hat sie auch gleich Deine Ex mit ins Schlepptau genommen.

Den Rest kannst Du Dir vorstellen. Schließlich bin ich noch fünfzehn. Da wird das Ganze zur Staatsaktion. Mist, als ob ein Vierteljahr einen Unterschied macht. Aber ich bin ja minderjährig. Mit fünfzehn wirst Du verführt, mit sechzehn entscheidest Du selbst. So einfach ist das.

Was mich nur ziemlich erstaunt hat: Deine schöne Ex hat sich aus all dem anscheinend gar nichts gemacht, sondern mich ganz groß angegrinst, als ich dazugeholt wurde. Obwohl sie doch schon sechzehn, also verantwortlich ist und nicht verführt sein konnte. Schlimmstenfalls fliegt sie von der Schule, wenn herauskommt, daß sie die Fotos nicht nur gezeigt, sondern sogar in Auftrag gegeben hat. Mir wär da nicht mehr zum Lachen. Irgendwie würd ich schon gern bis zum Abi durchhalten. Sogar jetzt noch. Wenn Du's genau wissen willst: Ich würde gerne nachher studieren, zum Beispiel Soziologie oder so was. Doch das ist im Moment Zukunftsmusik. Erst mal muß ich die Sache hier durchstehen. Aber wieso hat Sylvie bloß frech gegrinst? Meinst Du, sie liebt Dich noch immer und wollte mich deshalb aus dem Weg räumen? Irgendwie würde das passen, weil sie ja Dich auch gewarnt hat, bevor die Bombe hochging. Du hast mir leider nie was von Sylvie erzählt. Auch nicht, weshalb sie mit Lars und den anderen Faschos zusammen ist. Weshalb sie mit den Idioten herumläuft und Bomben hochgehen läßt oder zuguckt, wie Du verprügelt wirst. Aber ich wollte ja vielleicht auch gar nichts von Deiner Verflossenen wissen. Nur jetzt könnte ich Informationen gebrauchen. Selbst dran schuld, wenn man immerzu Angst vor der Fliege im Glas *hat, daß man sich dran verschluckt.*

Ach verdammt, wenn ich nur mit Dir reden könnte. Aber wer weiß, ob Du überhaupt noch mit mir reden willst nach den Fotos. Wo Du jetzt wirklich ein Flittchen *hast. Zumindest sind sich die andern alle darüber einig. Wenn ich nur wüßte, wie Du das siehst. Du kennst mich doch. Und ich liebe Dich wirklich. Glaubst Du mir noch? Es macht mich verrückt, hier zu Hause herumzugrübeln, aber ich komme nicht mal ans Telefon. Und jeder Brief von Dir, wenn Du ihn überhaupt schriebest, würde gleich abgefangen. Also laß es am besten sein. Ich werde warten, bis Du in die Schule zurückkommst. Hoffentlich wirst Du bald wieder gesund, nicht nur, weil ich endlich Gewißheit haben will, was Du denkst. Oder hab ich Dich viel mehr verletzt als Lars mit seinen Tiefschlägen? Vielleicht brauchst Du jetzt um so länger, gesund zu werden, und ich bin dran schuld.*

Verdammt, ich hab mir alles so einfach vorgestellt, und jetzt ist das Chaos perfekt, nur weil ich ein Abenteuer gebraucht hab. Ich glaube, ich war wirklich ein ziemlich naives Sexpüppchen, als ich mich auf die Fotos einließ.

Ach, Mist! Der Brief klingt mit jedem Satz mehr nach Selbstmitleid. Dabei will ich doch nur, daß Du mich etwas begreifst. Entschuldige bitte diesen endlos langen Sermon. Aber kürzer ging es leider nicht, Dir die Wahrheit zu sagen. Jetzt muß ich nur unbedingt sehen, daß Björn ihn noch heimlich zum Briefkasten trägt. Mal gucken, ich denke, nicht einmal er ist auf meiner Seite, weil er die ganze Sache noch gar nicht begreift. Doch für Geheimaufträge ist er immer zu haben. Kommt sich dann ziemlich wichtig vor. Soll mir nur recht sein.

Wie auch immer Du über mich denkst: Ich liebe Dich.

Kim

Krach! fällt Pinocchio auf seine Nase und klemmt sich auch noch den Faden ein. Rums! Runter vom Haken an Mutters Tür. Muß wohl der Wind gewesen sein. Das Findelkind fängt an zu flennen.

Ach Quatsch. Mir ist nicht nach Bildersprache und Poesie. Bin genügend gebeutelt von schönen Gedichten, schöner Musik. Scheiß Kunst. Hilft mir nicht weiter. Keiner hilft mir mehr weiter.

Was ist bloß in Kim gefahren, so was zu machen? Wie kommt sie dazu? Vor ein paar Wochen dachte ich: Wenn ich jetzt mit ihr schlafe, gehören wir beide nur uns, und ich brauche nie mehr zu fragen, wer vorher mit ihr zusammen war. Auf einmal läßt sie sich von einem wildfremden Mann nackt fotografieren und steht vor ihm da wie vor mir. Wenn ich genau drüber nachdenke, hat sie doch darauf gewartet, daß ihre Fotos öffentlich werden. Ihr Körper, ihre Brüste, ihre Scham. Alles öffentlich. Was unterscheidet ihre Absicht also von dem, was jetzt ist? Gar nichts. Selbst wenn keiner an der Schule je etwas von den Fotos erfahren hätte, nichts wäre anders. Nichts von ihr wär noch für mich allein. Ich will aber Kim allein – oder gar nicht. Warum muß sie jede Nummer ausprobieren? Kann sie nicht einfach mit mir zufrieden sein und ganz normale Dinge tun? Ich brauch keinen Vamp. Natürlich fand ich es schön, wenn sie nicht brave Tochter spielte. Aber ein Minikleid ist etwas anderes, als sich nackt fotografieren zu lassen. Wieso begreift sie das nicht? Wieso zerstört sie alles?

Scheiße, Pinocchio flennt.

Wenn meine Mutter rote Augen sieht, greift sie ein. Wenn die roten Augen auf einen Brief folgen, weiß sie Bescheid. Kein Entrinnen. Sie hängt Pinocchio zurück an den Haken, sammelt Kims Loseblattsammlung von Bett und Teppich, alles, alles. Aber dann fragt sie liebevoll unerbittlich: »Was ist denn?«

Nichts ist. Bloß ausgeträumt. Commander Kim hat sich verrechnet. Wenn *sie* ins Trudeln kommt, bye bye. Aber mich hat sie auch noch mitgerissen. Schluß – aus. Zero. Treffer. Ende. Die ganze Maschine zerstört. Alles in winzige Teilchen explodiert. Nur der Schleudersitz hat sich selbst ausgelöst und schwebt, aber ohne Inhalt, zu Boden. Nichts zu bemuttern für meine Mutter.

Stimmt nicht. Im Schleudersitz kommt ein Kleinkind geflogen, das unbedingt in die Arme genommen werden will. Das Kleinkind heißt Pinocchio und kommt von den Außerirdischen, die es verstoßen haben, weil es ständig vor Angst geklappert hat, wenn es fliegen sollte. Holzkopf, steh gerade.

»Na komm«, sagt meine Mutter. »So schlimm kann's doch nicht sein. Ist was mit Kim? Oder ist was mit Sylvie?«

Ich sehe sie staunend aus meinem Holzkopf an. Wieso nennt sie zwei Namen? Bin ich der Crack, der zwei Frauen auf einmal liebt? Mutter, Mutter, du traust mir was zu.

Sylvie. Ich buchstabiere den Namen. Heute bin ich den ganzen Tag noch nicht über drei Buchstaben hinausgekommen. So wird man langsam zum Analphabeten.

Richtig, Sylvie war ja auch noch beteiligt. Wieso bin ich nicht sauer auf sie, daß sie Kim gelinkt hat?

Wenn Sylvie nicht ihren Fotografen vor die Schule geschickt hätte, wär jetzt noch alles im Lot.

Aber es hätte auch jeder andere kommen können, und Kim wäre mitgegangen.

Aber es war kein anderer da.

Aber trotzdem.

Aber aber.

Zu meiner Mutter sage ich schließlich, weil mir nichts anderes einfällt:

»Kim schreibt, wahrscheinlich liebt mich Sylvie noch immer.«

»Oje. Und was denkst du?«

»Weiß nicht. Ehrlich gesagt, eigentlich geht Sylvie mir ständig aus dem Weg.«

»Könnt natürlich sein, daß sie es tut, weil du für sie etwas darstellst, was sie verloren hat.«

»Glaub ich nicht.«

»Warum?«

»Paßt nicht. Sylvie ist ein Gewaltmensch.«

»Wenn sie aber doch ab und zu mal an früher zurückdenkt und spürt, damals ging alles ganz leicht, ohne Kraftakt, und sie sehnt sich nach Liebe, gerade weil so viel in ihr zerstört ist? Was meinst du? Kann es nicht sein?«

»Und anstelle von mir brät sie Kim einen über? Das ist doch Hirnriß.«

»Ich weiß ja nicht, was sie gemacht hat, aber zum Beispiel könnte sie deiner neuen Freundin nicht gönnen, daß die das bekommt, was ihr selber verwehrt bleibt.«

»Wieso verwehrt bleibt?«

»Na ja, akzeptierst du denn Sylvie, so wie sie ist?«

»Nein. Wie denn?«

»Also bitte. Vielleicht versucht sie ja genau deshalb, einen Keil zwischen dich und deinen kleinen Teufel zu treiben.«

Ich schlucke. Dann heb ich den Holzkopf höher als je zuvor und schau meiner Mutter direkt ins Gesicht.

»So denkst du, weil du selber was gegen Kim hast.«

»Wie kommst du darauf?« fragt sie.

»Weil du sie ständig als meinen Teufel bezeichnest.«

»Ist sie das etwa nicht? Ich glaube, sie ist ganz schön mit allen Wassern gewaschen. Das seh ich ihr an. Jedenfalls wirkt sie nicht gerade, als wollte sie bloß mit dir Plätzchen essen, wenn du verstehst, was ich meine.«

»Und das stört dich, nicht wahr? Weil ich plötzlich erwachsen werde.«

»Kann sein, aber die wichtigere Frage ist, ob du ihr gewachsen bist.«

»Wieso nicht?«

»Ich weiß nicht.«

»Du traust es mir nicht zu, stimmt's?«

»Vielleicht täusch ich mich ja, weil du so klein wirkst und deshalb so jung.«

»Ich bin aber sechzehn.«

»Na dann.«

Und meine Mutter steht auf und geht in die Küche, um wieder mal, wie so oft, einen Tee zu bereiten.

Demonstration II

Über welchen Unsinn man redet, um nicht die Wahrheit zu sagen. Aber ich konnte ja schließlich nicht meine Mutter mit einer Peepshow beglücken. Obwohl sie sich dann jetzt wahrscheinlich perfekt bestätigt fühlte, was Kim betrifft. Dieses ganze Teufelsgetue, bloß weil sich Kim für Lucifer interessiert hat. Als ob meine Mutter schon damals gewußt hätte, daß Kim sich für Nacktfotos hergeben würde, nur weil die Unterhose zu sehen war. Warum müssen Mütter immer das Gefühl vermitteln, alles im Griff zu haben? Alles zu wissen? Wieso müssen sie einem ständig verkünden, wie dumm und klein man selber noch ist?

Dabei weiß sie gar nichts. Weder von Kim noch von Sylvie noch von mir. Peepshows am laufenden Band. Und das Kino geschlossen für alle allwissenden Mütter. Ätsch, in die Röhre geguckt.

Die Scheiße ist nur, daß ich anscheinend der einzige bin, der Peepshows haßt. Sylvie will unbedingt gesehen werden. Kim ist geil darauf, ihren Körper zu zeigen. Alle Zombies sind heiß, durch das Guckloch zu schielen. Und meine Mutter glaubt, wenn sie hineinglotzt, hat sie den Überblick. Ungefähr so wie beim Nachrichtengucken. Fernsehknopf an, und schon sprudelt die Action fast live. Einmal die Stunde braucht sie das ewig Alte taufrisch. Wahrscheinlich übt sie jedesmal Teufelchen erkennen, was ja ein lohnendes Spiel ist. Wenn ich nur denke, wie geil sie auf jede Kleinigkeit war, als der Schulanbau in die Luft flog. Lechz, lechz. Her mit den neuesten Sensationen.

Dabei weiß sie noch nicht mal, daß ihr Kleinkind im Körbchen längst selber nackt hinter dem Guckloch war und alle Zombies und Sexmonster sich sattsehen konnten an meinen Geschlechtsteilen. Woher soll sie auch ahnen, daß ich Hampelmann so eine Starrolle hatte? Und Sylvie sich aufgegeilt hat an mir. Vertauschte Rollen. Na bitte, auch eine Form der Emanzipation. Aber von wegen, Sylvie sehnt sich nach Liebe. Keine Ahnung hat meine Mutter. Sylvie will doch nur jeden im Guckkasten haben. Erst Denisa, dann mich, dann Kim.

Und ausgerechnet Kim macht es freiwillig. Wollüstig. Läßt alles zu. Jeder soll gucken. So schön bin ich. So geil bin ich. Holt euch einen runter bei meinem Anblick. Kommt her, alle Zombies. Vereinigt euch vor meinem Guckloch.

Mich ekelt. Ich hasse dich, Kim. Ich hasse dich, Sylvie. Wieso führst du jeden nackt vor? Was hast du davon? Wieso machst du alle Gefühle kaputt, nur um dich selbst zu befriedigen? Warum ist es so schön für dich zuzugucken, wie ich von Lars ein paar auf die Eier kriege? Wie ich gezwungen werden soll, mir einen runterzuholen, wenn du zuguckst? Kannst du nicht anders als bloß mit Gewalt? War die Bombe dein größter Orgasmus?

Ich verstehe euch beide nicht. Ich hasse euch. Und dich ganz besonders, Kim. Wieso kommt bei dir die große Lust auf, wenn bei mir Scham und Schande im Kopf kreisen, als wär da ein Mühlstein gewaltigen Ausmaßes eingebaut. Ein Mühlstein so groß wie eine kreisende Peepshow-Scheibe. Soll ich mich ekeln davor, was du sonst noch mit mir getrieben hast? Ich muß die ganze Zeit daran denken. Ich will nicht. Ich will nicht. O doch, ich weiß, daß ich will. Ich will. Ich will. Aber ich kann nicht. Nicht so, wie ich will. Ich kann nicht. Ich kann nicht. O doch, ich kann. Ich muß. Ich muß. Aber nicht so, wie ich will. Doch, ich will, wie ich muß. Ich will. Ich will. Komm schon. Ich kann nicht zurückhalten, was ich fühle. Kim! Kim!

Wieso zerstörst du alles? Fängst du jetzt auch an wie Sylvie? Ist der Orgasmus nur der Triumph vor der Zerstörung? Die Explosion, die am Ende alles erschlägt? Rings um mich her nichts als Zerstörung. Wann ist es soweit, daß mich die Zerstörung selber zerstört? Oder bin ich schon längst zerstört? Nur ein verglühter Feuerwerkskörper. Zerfetzte Hülse am Boden. Benutztes Kondom. Elend. Elend. Ich fühl mich beschissen. Allein.

Heute war etwas merkwürdig. Wieso hat sich Mignon plötzlich wieder in meine Nähe gewagt? Ist Kim für sie bereits abgeschrieben? Das Ganze ist doch nur ein paar Tage her. Riech ich schon nicht mehr nach Feind? Anscheinend wird man Gerüche schneller los als Gedanken. Oder sterilisierte Katzen sind einfach nur schneller zu korrumpieren, weil sie sonst gar nichts vom Leben haben.

Mignon hat einen Buckel im Wohnzimmer neben dem Sofa gemacht, wo ich seit Wochen kläglich versage, gesund zu werden. Unser Hausarzt meint, mein Zustand ist nervlich bedingt. Ich muß erst zur Ruhe kommen. Da hat er recht. Ich versuch es ja ständig.

Die ganze Zeit hat mir Mignon die kalte Schulter gezeigt. Heute war sie auf einmal da. Wenn meine Mutter das gesehen hätte, würde sie sagen: Es geht bergauf. Obwohl das ein bißchen vorschnell geurteilt wäre. Was weiß Mignon von meinen Schmerzen? Zumindest schnurrte sie aber erstaunlicherweise wie das Antriebsaggregat von Raumschiff Enterprise auf Routinekurs jenseits des Andromedanebels.

Ich streichelte ihr Fell. So weich, so warm. Ich konnte gar nicht fassen, daß sie da war. Katzen sind echte Tröster. Kommen nicht mit klugen Ratschlägen und allwissenden Lebensweisheiten. Sind einfach nur da und schnurren. Ich mußte keine Antworten geben, einfach nur streicheln. Wenn ich meine Hand in Mignons dichtes, wolliges Fell tauchte, spürte ich ihren Herzschlag.

»Du hast ein Leben«, flüsterte ich Mignon nach einer Weile zu. »Wenn ich du wäre, würd ich das Haus nie mehr verlassen. Wozu denn? Draußen erreichst du ja doch nichts. Wenn es sein muß, kannst du notfalls auf die Fensterbank springen und zugucken, was draußen passiert. Aber alles aus schöner stoischer Distanz. Nicht wie die geilen Spanner. Einfach ganz ruhig mit magischem Auge. Na schön, manchmal riecht die Welt draußen ein bißchen frischer als drinnen. Und abends sind die Rolläden runter. Das engt etwas ein. Kann ich verstehen. Aber dann kratzt du eben an der Terrassentür und trollst dich in den Garten, um stundenlang stumm auf die Stimmen der Nacht zu horchen. Wenn ich du wäre, würde ich nur nicht eingreifen. Wie ich schon sagte: wozu? Du erreichst ja doch nichts.«

Mignon genoß mein Gebrabbel und hörte nicht hin. Hauptsache, ich redete mit ihr und streichelte ihr über den Kopf, dann den Rücken hinunter bis fast zum Schwanz. Immer dieselbe gleichmäßig ruhige Bewegung. Mignon stemmte ihren Rücken gegen die Hand, um soviel wie möglich zu spüren. Und dann, nach einer Weile, als sie all ihr Vertrauen zu mir zurückgewonnen hatte, löste sie sich aus der Spannung, sprang auf meinen Bauch und rollte sich genüßlich ein, während ich weiterstreichelte.

So könnte man vielleicht alles vergessen, dachte ich, wenn nur die Ruhe lang genug anhielte. Eine Weile störte mich niemand, nicht einmal meine besorgte Mutter, denn die muß einen redseligen englischen Endlostext in noch endloseres deutsches Geschwafel verwandeln. Unmögliches Zeug, das in endlosen Variationen ständig ins Haus schneit. Irgendwelche hochtrabenden Fachwortakrobaten berauschen sich dran, die Leute geschwollen für dumm zu verkaufen und jedermanns Minderwertigkeitsgefühle in Gang zu setzen, was meist in benebeltem Kopfnicken endet und den Konsum belebt. Auch meine Mutter weiß das natürlich, aber sie hängt sich trotz allem gewissenhaft in diese idiotische Arbeit hinein und übersetzt jeden englischen Schwachsinn in gut formulierten, aber nicht minder abstrusen hochdeutschen Blödsinn. Ich frage mich, wie sie das aushält.

Werde ich dazu erwachsen, um alles zu tun, was die Menschen von mir verlangen? Muß das schrecklich sein.

Auf einmal klingelte das Telefon. Mignon sprang erschrocken vom Sofa und verdrückte sich unter die Heizung. Es klingelte zum zweiten Mal. Mignon sah mich aus ihrer Deckung an. Ich sollte endlich dieses schrillende Geräusch abstellen. Aber so eine Idee kann nur sie haben. Da sieht man, sie weiß nichts von meinen Schmerzen. Ich konnte nicht aufstehn. Ich wollte nicht aufstehn. Immerhin hat der Arzt gesagt, ich brauch Ruhe. Also fand ich, sei es am besten für mich, wenn ich mit niemandem sprach. Keine Aufregung! Medizinische Ratschläge sind dazu da, daß man sie befolgt. Ich wollte ganz einfach ein braver, guter Patient sein.

Schließlich hörte ich das Knacken im Telefon. Meine Mutter hatte den Apparat im Arbeitszimmer abgehoben. Ich dachte: Vielleicht ist der Anruf für sie. Hoffentlich kommt sie nicht rüber oder ruft, daß ich abheben soll. Ich will nicht. Ich kann nicht.

»Komm her«, rief ich Mignon zu, die noch immer geduckt unter der Heizung hockte, und klopfte ihren Liegeplatz auf meinem Bauch ordentlich platt. Alles, damit ich nichts hörte. »Mignon, na komm. Komm doch.« Ich wollte, daß sie sich wieder auf mich legte, damit meine Mutter sah, daß ich nicht aufstehen konnte. Wenn jemand was von mir wollte, sollte meine Mutter sagen, es ginge nicht. »Na komm doch, na komm.«

Aber Mignon sah mich bloß skeptisch an wegen der Unruhe, die ich verbreitete.

Dann Mutters Schritte. Sie öffnete die Tür.

»Bist du wach?« fragte sie. »Kim ist am Telefon.« Und sie trug mir den Wohnzimmer-Apparat vom Sideboard zum Sofa. »Ich stell für dich um.«

Schon war sie verschwunden. Ich konnte gar nicht sagen, daß ich nicht wollte. Und das Telefon hielt ich bereits in der Hand. Es klingelte. Arme Mignon, dachte ich. Kann's nicht ändern. Ist Mutters Schuld. »Mignon?« Wo war sie? Der Platz unter der Heizung war leer. Es klingelte. Ich schaute mich in Panik um. Fort. Weg. Verschwunden. Hatte sich durch die Terrassentür gestohlen, die offenstand, damit ich Frischluft bekam. Hatte im Garten das Weite gesucht, weil meine Mutter hereingekommen war und Mignon gesehen hatte, daß sie mir die verhaßte Schrillmaschine in die Hand drückte. Es klingelte. Ich war allein. Niemand half mir. Ich wollte nicht. Ich nahm den Hörer ab.

»Ja?«

»Hallo. Entschuldige, ich konnte nicht länger warten. Ich hatte solche Sehnsucht nach dir. Nach deiner Stimme. Sag schnell, wie geht es dir? Ich kann nicht lang sprechen.«

»Was willst du denn hören?«

»Wie du dich fühlst.«

»Beschissen.«

»Ich würde dich gern besuchen.«

»Wozu?«

»Weil ich dich liebe.«

»Ja?«

»Ich möchte dich sehen.«

»Warum?«

»Darum.«

»Ich meine, was willst du?«

»Dich.«

»Bist du sicher?«
»Würd ich sonst anrufen?«
»Was weiß ich.«
»Nichts weißt du. Gar nichts. Das ist es ja gerade.«
»Was soll das heißen?«
»Ach, nichts.«
»Jetzt red schon.«
»Ich muß Schluß machen.«
»Du?«
»Meine Eltern.«
»Ach so.«
»Bis bald.«
»Hm.«
»Schmoll nicht. Ich liebe dich, ob du es glaubst oder nicht.«
Knack!
Das war's. Ich hielt den Hörer weiter am Ohr, als ob noch was käme. Aber es kam nichts. Wir waren unterbrochen. Kims Stimme war weg.
»Kim?« fragte ich noch mal in den Hörer. Dann legte ich auf.
Es klingelte. Ich hatte die Hand noch am Hörer.
»Kim?« fragte ich in die Muschel.
»Nein«, sagte mein Vater. »Ich bin's.«
»Ach du.«
»Wer ist Kim? Neue Freundin?«
»Vergiß es.«
»Warum?«
»Vergiß es.«
»Wartest du auf ihren Anruf?«
»Nein.«
»Begrüßt du dann also jeden, der anruft, mit Kim?«
»*Nein.*«
»Scheint aber so. Stör ich?«
»Willst du Mutter?«

»Eigentlich ja.«

»Einen Moment.«

Also doch aufstehen und meiner Mutter Bescheid sagen. Alles kommt anders, als man denkt.

»Telefon für dich«, sagte ich schließlich, als ich bei ihr im Zimmer stand.

»Alles okay?« fragte meine Mutter und sah mich an.

»Vater will dich.«

»Ach ja?« Sie nickte.

Ich ging zurück ins Wohnzimmer und legte den Hörer auf.

Heute vormittag denke ich immerzu: Wie wird das, wenn ich wieder zur Schule gehe? Langsam stabilisiert sich mein Zustand. Nächste Woche bin ich wohl reif. Merkwürdig, plötzlich stecke ich mitten in einer Sache drin. Früher waren das Ausnahmetage, die man mit einem Demo-Schild hätte auszeichnen können: *Achtung! Heute großer Auftritt!* Auftritte liegen mir nicht. Ich bin der Mann für die subversiven Beobachtungen. Undercover. Ich schreibe Tatsachenberichte aller Art. Der Computer ist mein Metier, andere brauchen den lautstarken Auftritt. Ich dagegen greife nur schreibend in aller Stille ein. Ich bearbeite meine Texte mit großer Sorgfalt, als würde sie je einer lesen. Manchmal glaube ich, daß, wenn ich schreibe, die Ereignisse ein völlig anderes Gewicht bekommen. Das Gewicht, das ihnen zusteht. Das muß man herausarbeiten, weil man es leicht unter dem Druck immer neuer Ereignisse übersieht. Ich ergänze aus dem, was ich weiß, und gebe dem Aufgeschriebenen eine Form, als wäre es eine erzählte Geschichte. Manchmal schreibe ich wie für einen imaginären Leser. Der einzige Leser, für den ich schreibe, bin aber ich. Trotzdem ergänze ich Dinge, die ich mir gar nicht erzählen müßte, nur um der Geschichte willen, damit sie was Ganzes ist. Vielleicht, damit die Dinge mir nicht entgleiten. Alles ereignet sich formlos, sprunghaft und rasend schnell. Ich aber will etwas festhalten, um mir Klarheit zu schaffen. Dann kann ich es vielleicht auch bewältigen. Das jedenfalls ist der Grund, weshalb ich schreibe, auch wenn es nicht immer gelingt.

Wenn ich mir vorstelle, einer der Zombies läse das alles: Er würde mich für einen Literaturaffen halten. *Junge, guck Videos oder zisch raus auf die Straße. Da ist die Action. Her mit dem Feuer. Zünd an. Morgen ist sowieso alles Asche. Scheiß auf dein blödes Geschreibsel. Tu was. Schlag zu.*

Was passiert in der Schule? Bin *ich* am Montag der Nackte? Weil Kim vorher mit mir geschlafen hat? Bin ich dadurch hineingezogen? Bin *ich* der Zerstörer mit einer Bombe in der Hand? Weil ich weiß, daß Sylvie und ihre Zombies den Schulanbau in die Luft gesprengt haben? Bin ich dadurch ihr Pappkamerad geworden? Lebende Zielscheibe?

Ich habe nichts selber unternommen, nichts selber getan. Ich habe mich nur irgendwann nach einer Demo, die im Chaos versank, in ein Mädchen verguckt, und wir haben ein bißchen Liebe gemacht, das war alles. Und jetzt stecke ich voll in der Scheiße. Selbst Kims Vater würde sich wahrscheinlich lieber heute als morgen an mir als Messerstecher üben, weil sein Showgirl neuerdings nur noch nackt posiert und er dabei verständlicherweise die ruhige Hand verliert.

Irgendwie würde ich mich lieber in ein paar Gruselbücher zurückziehen, als am Montag selber im Feuer zu schmoren und den gewünschten Beweis zu erbringen, daß alles zu Asche wird. Mir graut. Und wenn sie ständig auf mir herumhacken und mich zusammenschlagen und fertigmachen? Was soll dabei rauskommen? Reichen die Trümmerhaufen noch nicht?

Was bleibt denn übrig? Von Sylvie? Von Kim? Von mir? Was ist von meinen Eltern übriggeblieben? Von Sylvies Eltern. *All down the gutter*, wie meine Mutter sagen würde, jedenfalls in bezug auf den Nutzeffekt ihrer Mühen beim Übersetzen. Na ja, möglicherweise gilt das natürlich auch für meine vielfältigen Stilübungen in puncto Undercover-Berichte. *All down the gutter!* Sollte ich besser mal drüber nachdenken. Kann ja sein, daß ich bloß eitel bin und mich wichtignehme, so wie alle kleinwüchsigen Leute.

Es hat geklingelt, und Kim stand vor der Tür. Kim? Nicht die Kim, die ich kannte, mannequinmäßig gestylt. Auch nicht der Seehund, der mich im Regen mal ansprang und dann nicht mehr losließ.

Kim kaum zu erkennen. Ihre Mandelaugen wie zwei im prasselnden Sturm aufgeplatzte Fruchtkapseln, schwarz verfärbt vom Nachttau, in den sie schlugen – Inhalt verloren.

Wir standen uns gegenüber. Ihre Jeans mußten bei den Mandelschalen genächtigt haben. Grünbraun verschmierte Beine und aufgerissene Knie.

»Was ist passiert?«

Ihr T-Shirt zerrissen. In allen Farben, die an Erde und Gras erinnern. Oder an Blut. Klaffendes Muster im ehemals weißen Stoff.

»Wo bist du gewesen?«

Nichts in der Hand. Keine Schultasche. Auch keine Jacke. Das T-Shirt allein viel zu kalt.

»Wo sind deine Sachen?«

Kim stand wie nackt, aber anders als in meiner Vorstellung. Ohne Pose, in keine Stiefel geschnürt. Sie war aus sich selber herausgebrochen.

»Komm erst mal rein«, sagte ich endlich.

»Darf ich?« fragte sie ängstlich.

»Ja, komm.«

Und ich gab ihr den Eingang frei.

»Wie siehst du nur aus?« wollte ich fragen. Da tauchte meine Mutter aus ihrem Zimmer auf.

Peepshow, dachte ich noch. Aber sie war nicht interessiert, sondern ging plötzlich mit schnellem Schritt auf Kim zu. Ich dachte: Was macht sie? Doch ich war in einem ganz anderen Film. Meine Mutter nahm die, der ihr Sohn nicht gewachsen war, in den Arm und drückte Kim, als ob sie nie Zweifel an ihr gehabt hätte oder zumindest als ob das im Augenblick nicht mehr zählte.

Kim fing an zu weinen.

Später, nachdem meine Mutter ihr ein T-Shirt von sich gegeben und Kim sich geduscht und notdürftig umgezogen hatte, fing sie zögernd an zu erzählen. Tom und Jan hatten ihr nach der Schule aufgelauert und sie auf dem Heimweg in ein Gebüsch gezerrt, wo sie ihr erst die Tasche wegrissen und dann an die Wäsche gingen. Kim hatte sich gewehrt, was dazu führte, daß Jan sie zu Boden warf. Tom stürzte sich auf sie und drohte mit einem Messer. Er schnitt in ihr T-Shirt und ritzte die Haut. Sie sah ihr Blut und geriet in Panik. Sie wand sich. Der Boden war feucht. Sie schaffte es, ihr Gesicht in die Nähe seines Arms zu bewegen, mit dem er sich abstützte. Dann biß sie zu. Sie spürte, wie Toms Körperdruck nachließ, und kam plötzlich frei. Sie sprang auf und rannte. Jan hinter ihr her. Er bekam ihre Jacke zu fassen. Kim hatte Glück, daß sie herausglitt und ihm entkam. Sie stürzte erst, als sie die Böschung hinauffloh, rutschte der Länge nach wieder hinunter. Aber beim zweiten Mal schaffte sie es auf die Straße. Jan und Tom hörte sie nicht. Doch als sie sich aufrichtete, stand plötzlich Lars vor ihr, der sie grinsend fragte, ob es schön unten gewesen sei. Er hielt sie fest. Sie riß sich los. Er stellte ihr ein Bein. Sie fiel und schürfte sich die Hose an beiden Knien auf. Er lachte und ließ sie liegen.

Das war der Hergang. Tom hatte sie Schlampe genannt. Jan sagte: Nutte. Und daß sie Kim nur bedienten, wie sie's verdiente. Tom verlangte, während er über ihr war, daß sie sagte, sie wolle es so. Kim hatte geschrien, aber niemand schien sie zu hören. Als sie die Straße erreichte, war weit und breit kein Mensch zu sehen – außer Lars.

Kim war aufgestanden und weggerannt. Lars hinderte sie nicht daran. Erst als sie schon ziemlich weit fort war, blieb sie stehen und überlegte, wohin.

»Gut, daß du hier bist«, sagte meine Mutter.

»Danke«, antwortete Kim. »Ich hätte sonst niemanden gewußt.«

Plötzlich stand eine schwierige Frage im Raum. Ich fing an zu schwitzen, weil jetzt die Peepshow doch unausweichlich schien. Kim saß im Kasten. Wir guckten sie an.

Und dann erzählte sie tatsächlich meiner Mutter von ihren Nacktfotos. Und ich vergrub meine Hände in den Hosentaschen, um ruhig zu bleiben. Was meine Mutter wohl dachte? Mir lief der kalte Schweiß aus den Armhöhlen.

»Und jetzt hast du Angst, wie deine Eltern auf den Vergewaltigungsversuch reagieren werden«, sagte meine Mutter, als Kim auch noch erzählt hatte, daß sie wegen der Fotos unter Hausarrest stand.

Kim nickte und sah sie an. Ich glaube, Kim wartete genauso wie ich, daß meine Mutter noch etwas sagen würde zu dem, was sie durchs Guckloch betrachtet hatte. Aber es kam nichts, nur: »Das kriegen wir schon hin. Ich rede mit deinen Eltern. Wichtig ist bloß, daß du dich hast befreien können. Sonst überhaupt nichts.«

So reden Frauen untereinander, dachte ich. Ich hätte ganz viele Fragen gestellt. Fragen nach Sylvie, nach Lars, Tom und Jan. Nach den Hintergründen, Erklärungen und Bedeutungen. So viele Fragen hätte man stellen können, um zu begreifen, auf welchen verschlungenen Wegen es zu der Idee gekommen war, Kim zu vergewaltigen.

Kim weinte jetzt wieder und drückte ihr Gesicht gegen die Schulter meiner Mutter. Und meine Mutter hielt sie kein bißchen zurück. Sie stellte nicht eine einzige Frage. Sie strich nur beruhigend über Kims Haar. Und dabei sprach sie leise immer die gleichen Sätze: »Ja, wein dich nur aus. Hier bist du sicher. Ganz sicher. Niemand tut dir mehr was. Niemand. Bestimmt, das verspreche ich dir. Da kannst du völlig beruhigt sein. Dazu hat keiner das Recht. Keiner darf dich verletzen ...«

Es war eine endlose Litanei, die meine Mutter irgendwie aus dem Stegreif erfand und ständig in Variationen von vorne begann. Ich weiß nicht, wie oft sie die Sätze wiederholte. Aber es war unvorstellbar, mit wieviel Geduld meine Mutter leise auf Kim einredete, sie dabei beruhigend an sich drückte und ihr über den Kopf strich.

Allmählich hörte Kim auf zu weinen, und irgendwann blickte sie wieder zu meiner Mutter auf. Ich registrierte es als ein gutes Zeichen und fühlte mich selber erleichtert.

»Geht es jetzt etwas besser?« fragte meine Mutter.

Kim nickte und suchte nach einem Taschentuch. Endlich konnte auch ich etwas tun und ging in die Küche, um Tempos zu holen. Als ich zurückkam, schien Kim erst bewußt zu werden, daß sie gar nicht mit meiner Mutter allein war. Auf einmal richtete sie sich auf und sagte: »Ich möchte zur Polizei.«

Mir stockte der Atem. Was wollte Kim bei der Polizei? Wie wollte sie einfach erklären, daß Tom und Jan eine Vergewaltigung versucht hatten?

»Ist gut«, sagte meine Mutter. »Ich bin froh, wenn du kämpfst. Das ist das beste, was du jetzt tun kannst.«

Das beste? Was hatte Kim vor? Ich mußte an Sylvie denken.

Dann merkte ich, daß Kim mich noch immer fixierte.

»Aber vorher«, sagte sie schließlich, »möchte ich es mit *dir* bereden.«

»Gut«, sagte meine Mutter. »Dann telefonier ich erst mal mit deinen Eltern. Und wenn du bereit bist, fahr ich mit dir zur Polizei.«

»Danke«, sagte Kim leise.

Meine Mutter verschwand, und wir waren allein. Wir saßen uns gegenüber und schwiegen. Ich fror. Die verstreichende Zeit pochte mir gegen die Schläfen.

Kim sagte nach einer Ewigkeit: »Ich kann nicht mehr anders. Es macht keinen Unterschied, ob sie mich wirklich vergewaltigt haben oder nicht. Und außerdem kommen sie immer wieder.«

»Aber was willst du der Polizei sagen?«

»Alles, von Anfang an. Ich werde sagen, daß wir die Bombenleger gesehen haben, ehe der Schulanbau in die Luft flog. Und ich werde sagen, daß ich weiß, wer sie sind. Daß Sylvie versucht hat, uns mundtot zu machen als Zeugen. Und wie sie's geschafft hat, daß ich das Flittchen wurde, dem niemand mehr glaubt. Von dem jeder nur denkt, daß es sich wichtig machen will. Sex & Crime. Genau so hat sie es sich gedacht. Das ist mir heute klargeworden. Mit dieser Masche kann sie alles machen, sogar mich vergewaltigen lassen.«

»Woher willst du wissen, daß Sylvie es war, die die Zombies aufgewiegelt hat?«

»Es ist so.«

»Ich kann mir nicht vorstellen, daß Sylvie dich vergewaltigen läßt. Ich meine, als Mädchen. So was tun Männer, Jungen, Zombies, Monster.«

»Ich laß mich nicht von ihr ausschalten. Aber das ist es, was sie will. Mich ausschalten. Mich erledigen. Und ich weiß auch, warum. Weil sie *dich* niemandem gönnt. Sie reißt alles an sich und wirft es weg. Das ist krankhaft. Wahnsinn. Und davor habe ich Angst. Verstehst du das?«

»Ja, schon. Natürlich versteh ich. Ich denke nur nach, wie es bei ihr dahin gekommen ist. Wie Sylvie erst randaliert hat, um auf sich aufmerksam zu machen. Und dann hat sich alles immer weiter verselbständigt. Gewalt, Haß, Zerstörung. Ohne jedes erkennbare Ziel.«

»Aber du kannst sie nicht retten. Nicht mehr. Und *ich* will nicht ihr Opfer sein. Deshalb zeig ich sie an.«

Sie dachte einen Augenblick nach und schwieg.

»Nein«, sagte sie dann. »Eigentlich will ich sie anzeigen, weil ich sonst nie mehr Frau sein kann. Das verstehst du nicht. Dich hat niemand vergewaltigt. Ganz oder halb, das macht keinen Unterschied. Vergewaltigung ist es immer. Dich hat niemand benutzt. Wenn ich wieder so sein will wie früher, brauche ich meine Selbstachtung zurück. Das ist es, weshalb ich es nicht mehr geheimhalten kann.«

»Und was ist mit den Fotos?«

»Was soll damit sein?«

»Ich meine, die werden vielleicht auch weiterhin gegen dich ausgelegt. Bei der Polizei sitzen doch wieder bloß Zombies.«

»Das ist mir egal. Ich habe für die Fotos posiert. Das ist das eine. Aber ich habe damit meine Rechte als Mensch nicht verloren. Jeder kann über mich denken, wie er will. Das ist *sein* Recht. *Mein* Recht ist es weiterzuleben, und zwar unbehelligt von andern. Und deshalb geh ich zur Polizei. Egal, was passiert.«

Kim richtete sich auf.

»Soll ich mitkommen?« fragte ich.

»Nein, erst mal nicht. Aber irgendwann werden sie dich fragen.«

»Hm.«

Eine Pause entstand. Wir sahen uns an.

»Es tut mir leid«, sagte ich dann, »daß ich neulich am Telefon so kalt und abweisend war.«

»Schön war es nicht«, antwortete Kim. »Aber ich weiß nicht, wie ich an deiner Stelle reagiert hätte. Jeder hat das Recht, sauer zu sein. Auch in der Liebe.«

Sie küßte mich knapp auf den Mund.

»Fragst du jetzt deine Mutter?« sagte sie dann.

»Ja.«

Ich klopfte an Mutters Tür.

»Komme«, rief meine Mutter. Dann öffnete sie.

»Wollen wir?« fragte sie Kim.

»Ja, ich will.«

»Gut, dann fahren wir.«

Sie trat in den Flur. Kim folgte ihr.

»Was ist mit Kims Eltern?« fragte ich.

»Wird schon«, sagte meine Mutter. »Ich bringe Kim anschließend hin. Dann ist auch ihr Vater zu Hause.«

Finalstück

Wenn Kim in einer Zeitschrift gelandet wäre, hätte mich das in der ganzen Zeit, die ich inzwischen mit ihr zusammen bin, nicht im geringsten erstaunt. Bloß nackt war nicht von Anfang an eingerechnet gewesen. Aber Sylvie als Medienspektakel hatte ich in elf Jahren nicht in Erwägung gezogen. So kann man sich täuschen. Die Morgenzeitung von heute vermeldet als Top News:

VIER SCHÜLER ALS BOMBENLEGER ENTTARNT

Durch eine Zeugenaussage konnte gestern der Bombenanschlag auf das Städtische Gymnasium aufgeklärt werden. Die Täter waren vier sechzehnjährige Schüler, unter ihnen ein Mädchen, das auch den Sprengsatz beschaffte. Die Bombe war Sylvie D. von einem früheren Freund überlassen worden, der der militanten Hausbesetzerszene zugerechnet wird und inzwischen wegen schwerer Körperverletzung einsitzt. Das Motiv des Mädchens und ihrer Kumpane für die Bombenlegung blieb bei der Vernehmung vorerst noch unklar. Den Hinweis auf die Täter erhielt die Polizei durch eine Mitschülerin, die die drei Jungen gestern vergewaltigen wollten. Die fünfzehnjährige, die in der Bombennacht wichtige Beobachtungen machte, konnte entkommen. Sie hatte aus Angst vor einer möglichen Rache der Täter bisher zu der Bombe geschwiegen.

Man erfährt immer noch Neues. Neuigkeit Nummer 1: Wenn ich es recht überlege, kommt nur der motorradfahrende Rockertyp von Anfang letzten Jahres als Sylvies Bombenbeschaffer in Frage. Den hatte ich schon fast vergessen. Neuigkeit Nummer 2: Der Knabe ist also nicht aus Treulosigkeit getürmt, sondern er sitzt im Kerker. Das ist der Wahnsinn.

Immerhin, etwas können sie Sylvie auf keinen Fall anhängen: eine politische Überzeugungstat. Dazu hat sie sich ihre Freunde zu wahllos gesucht. Von der linken Hausbesetzerszene zu den Fascho-Zombies, das schafft nur sie.

Aber der Wechsel ist ihr trotzdem nicht gut bekommen. Daß sie an drei Sexmaniacs scheitert, die auf eigene Faust vergewaltigen gehen, ist eine echte Schande. So einen Abgang hat Sylvie irgendwie nicht verdient. Wahrscheinlich war Kim für die Faschos keine anständige *deutsche Frau*. Das ließ ihren dünnen Nazi-Gehirnschmalz nicht ruhen. Schon sind sie losgeblubbert, ohne zu fragen. So jedenfalls seh ich das. Sylvies Gewaltsucht hin oder her.

Doch an dem Rockerhirn ist sie genauso gescheitert. Waren wahrscheinlich nur Bomben drin, wenn er zur militanten Fraktion der Hausbesetzer gehörte. Ausgerechnet eine Vernichtungswaffe als Andenken dazulassen, ist eigentlich ganz schön makaber bei so was wie Liebe.

Vermutlich hat aber Sylvie ständig nach Sensationsdarstellern Ausschau gehalten. So viele laufen ja nicht frei auf der Straße herum, daß sie einen anfliegen wie Schnupfen. Je monsterhafter ein Typ, desto besser war er für ihre Zwecke geeignet, weil sie um jeden Preis auf sich aufmerksam machen, weil sie beachtet sein wollte in ihrer großen Freiheit. Weil sie sich sehnte nach Liebe, wie meine Mutter meint, aber verschlossen war in ihrem Haß, ihrem alles zerfressenden Mißtrauen gegen Gefühle. Schocktherapie gegen versiegelte Glanzoberflächen, die nichts mehr spüren, um so was in der Richtung ging es Sylvie. Nur daß die Säure den Schwamm selber auffraß. Und jetzt ist es zu spät.

Aber die Frage bohrt sich in meinen Kopf, wann es noch nicht zu spät war. Irgendwie wird mir ganz mulmig dabei. Ich sitze vor meinem Computer und starre den Bildschirm an mit dem blinkenden Cursor. Der Cursor will weiterwandern. Er fordert mich auf, in die Tasten zu hauen. Doch auf einmal kann ich nichts mehr erzählen.

Neun Monate habe ich alles aufgeschrieben, was mit Sylvie zu tun hatte. Neun Monate, in denen ich meine Späheraugen auf jede Entwicklung, die Sylvie betraf, geworfen und den Cursor über den Bildschirm getrieben habe, damit er an den Ereignissen dran blieb. Und jetzt sitz ich auf einmal da, als ob die Funktionstasten auf meinem Keyboard alle den Dienst quittiert hätten und ich nur rauskäme, wenn ich das Programm abstürzen lasse, Radikalkur, *press button*, auch wenn es vielleicht die Festplatte ruiniert, wo doch jedes Ereignis gespeichert ist. Der flimmernde Bildschirm wird schwarz.

Aber kein Warmstart hilft. Der Cursor hängt weiter an der Stelle, wo Sylvie am Ende ist. Und ich frage mich wirklich, ob ich früher aus dem Programm hätte rausgehen müssen, um was zu retten. Aber wann denn? Und woher hätte ich das denn wissen sollen?

Auf einmal fängt man an nachzudenken. Vielleicht wär wirklich die Möglichkeit dagewesen. Zum Beispiel, als Sylvie die Zombies Zombies sein ließ und mir ihre eigenen Jeans und Boots in den Schulanbau brachte, damit ich nicht unten ohne heimlaufen mußte und mich womöglich die Polizei unterwegs als gefährlichen Exhibitionisten kassierte. Blink! Blink! hatten da ihre Leuchtzeichen gemacht und verkündet, daß sie mir helfen wollte. Ich aber war viel zu schockiert gewesen, daß sie mir zuguckte, wie ich den Zombies den Mozart machte und meine Geschlechtsteile präsentierte. Schuldig, sagte ich mir, weil Sylvie bei Zombie & Partner angeheuert hatte und mir nicht sofort zu Hilfe gesprungen war, um *mich* zu retten.

Ach Unsinn, ich mach mir was vor. Sylvie war doch schon da auf dem Gewalttrip. Wie kriegt man jemanden aus der Gefahrenzone, wenn er unbedingt die Gefahr sucht? Worüber soll man anfangen zu reden, wenn alles vom Reden abhängt und einem nichts als biedere Moralpredigten aus Omas Uralt-Knigge im Mund kleben. Der kleine Junge von nebenan hätte schon ein bißchen was Überzeugenderes bieten müssen. Aber irgendwie war er dazu zu klein. Das einzige, was ihm einfiel, war, Sylvie zu observieren und wie ein Spitzel Fakten zusammenzutragen. Das hab ich ja immer gesagt: Ich bin der geborene Nicht-Eingreifer. Mit meinem Schweigen hab ich mich auf der sicheren Seite gefühlt. Na ja, so ganz sicher war die dann irgendwann auch nicht mehr. Aber trotzdem. Und jetzt?

Ich muß meine Aussage machen. Die Behörden ermitteln. Kim hat im Polizeiprotokoll angegeben, daß ich dabei war, als sie die vier Bombenleger gesehen hat.

Bitte finden Sie sich am Freitag um 10.00 Uhr in Zimmer 13 ein, steht in der Gerichtsvorladung. Ich soll bezeugen.

Ich kann nicht mehr sagen, ich hab nichts gesehen. Unmöglich, daß ich behaupte, ich habe keinen der Täter erkannt, weil sie vermummt waren, alle die gleichen Tücher vor Nase und Mund, Kapuzen verdeckten die Haare. Geht jetzt nicht mehr.

Warum bist du nicht an uns vorbeigelaufen, Sylvie, und hast uns unserem Schicksal überlassen? Jetzt muß ich dich *deinem* Schicksal überlassen. Es ist zu spät.

Kim hat bezeugt, daß sie deine Stimme erkannt hat, als du noch einmal zurückgelaufen kamst, um mich zu warnen. Unfaßbar, aber damit hast du die Zombies genauso reingeritten wie sie dich mit ihrer Vergewaltigungsnummer. Wenn man die Absichten nebeneinander sieht, könnte man zu dem Schluß kommen, daß du in Wirklichkeit gar kein Zombie bist. Sag ich ja. Aber wie sieht das der Richter, der euren Bombenanschlag behandelt?

Und *ich* soll eine Aussage machen.

Die ganze Schule spricht über Gewalt. *Das* große Thema. Jeder gibt seinen Senf dazu. Die Zombies aller Klassen sind angeschlagen. Und die tapferen Freiheitskämpfer kommen aus ihren Löchern. Wenn es die Ruine des Schulanbaus immer noch gäbe, würden sie glatt eine Lichterkette drumrum bilden, um das Gebäude zu schützen.

Wehret den Anfängen! steht schön bunt auf die Außenwand des Kaiser-Wilhelm-Trakts unserer Monster-Verwahranstalt gesprayt. Selbst die Gegner von Hausbeschmutzungen aus der Dose freuen sich über den klugen Kopf hinter dem freiheitlich aktionistischen Zynismus.

Dabei liegt der Anfang Urzeiten zurück, als die Sprüche erfunden wurden und man merkte, daß sich mit ihnen eine neue Qualität der Auseinandersetzung bot, die jede unangenehme Tuchfühlung erübrigt. Oder vielleicht gibt es auch nur einfach zu viele Schüler für unsere Lehrer. Und das ist der Grund. So heißt es doch immer.

Irgendwie hat jedenfalls niemand den Anfängen gewehrt, als ein paar Schlägertypen in der Schule den Zombiekult einführten und zur Verehrung ihrer körperlichen Allmacht Geschenke und Opfer verlangten in Form von Lederjacken und Stiefeln, von Bargeld in Scheinen und Münzen, von Comics, CDs und Zigaretten.

Irgendwie hat jedenfalls niemand den Anfängen gewehrt, als ein paar schwere Jungs ihren Mitschülern das Faustrecht anschaulich machten, um zu verdeutlichen, daß das Darwinsche Prinzip auf der Überlegenheit des Körperbaus basiert, also der die Herrschaft hat, der zuschlägt.

Irgendwie hat jedenfalls niemand den Anfängen gewehrt, als ein paar starke Typen mit pickliger Haut die schmutzigen Sexphantasien ihrer Väter auf Klotüren wiederkäuten als geistiges Buer-Lecithin, um anschließend fortgesetzt Mitschülerinnen unter die Röcke zu grabschen.

Irgendwie.

Und jetzt jammern die großen Friedefürsten, daß ihnen nicht aufgefallen ist, wie eine massive Bombe in die Schule getragen und anschließend gezündet wurde. Als ob das ein Kunststück wäre. Sobald die Welt dunkel wird, verschwinden doch alle in ihre Fernwehkojen.

Wer von euch aber weiß was von Sylvie und kann sich vernünftig erklären, was sie in die Gewalt getrieben hat?

Und dann ist da noch die Sache mit Kim. Der Direktor verwaltet den peinlichen Skandal. Aber im Dunstschatten der zerredeten Bombengewalt wächst heimlich ein neuer Lusttrieb. Die meisten an unserer Schule sind froh, daß die Freiheit, zu tun und zu denken, was man will, wiederhergestellt ist, seit ein paar Zombies vom Gelände abgezogen wurden. Und sie belieben das Wort *Freiheit* so auszulegen, wie sie es wollen.

Kim erzählt mir, daß einige Jungen aus dem obersten Jahrgang gekommen sind und ihr grinsend Geld angeboten haben für einen Quickie.

Also ist Sylvies Bombe selbst bei den geschultesten Denkern an unserer Schule kein Thema mehr. Jedenfalls nicht die krachende Bombe, die die Lehrer meinen.

Aber die Fotos – oder zumindest der verbliebene rare Bestand – ist durch alle Klassen gewandert. Kein Wunder, wenn heiße Ware ausnahmsweise nichts kostet, weil die restlichen Zombies vorübergehend unter ihren selbsternannten Schutzbefohlenen die Zügel schleifen lassen, bis sich der Rauch bei der Schulleitung endlich verzieht.

Verwirrt hat mich nur, wie heute nach der Schule, als ich auf Kim wartete, irgendein kleiner Möchtegern-Punkie von zehn oder elf Jahren ankam und mir eins von Kims Fotos für einen Zwanziger anbot.

»Denkst du noch immer sehr über Sylvie nach?« fragte mich Kim heute morgen in der ersten Pause und musterte mich mit ihren Mandelaugen. »Du siehst so traurig aus.«

»Ich glaube«, sagte ich, »irgendwie fällt in den Oberstufenkursen niemandem auf, daß jemand den ganzen Tag fehlt. Weil du ständig die Plätze wechselst. Und immer irgendwer sowieso gerade weg ist. Eine richtige Lücke entsteht nie. Ist mir gestern bewußt geworden, nachdem ich den ersten Tag wieder da war.«

»Vielleicht liegt aber auch das, was dich stört, nur daran, daß Sylvie nicht viele Freunde gehabt hat. Irgendwie hat sie mit ihrer Art die meisten schockiert.«

»Weil sie sich mit dem Oberzombie eingelassen hat«, antwortete ich.

»Wahrscheinlich«, sagte Kim. »Aber sie hat auch selber den Zombie gespielt.«

»Genau das«, erwiderte ich. »Sie hat ihn *gespielt*. Um zu schockieren. Und irgendwann hat sie aus ihrer Rolle nicht mehr heraus gewußt.«

»Aber warum *wollte* sie unbedingt alle Leute schockieren?«

»Das ist eine lange Geschichte.«

»Dann erzähl sie mir.«

»Heute?«

»Jetzt.«

»Und die Schule?«

»Kann warten. Im Zweifel sind wir für die andern noch mal beim Gericht. Das zieht zur Zeit immer.«

»Wenn das der einzige Vorteil ist . . .«

»Du leidest ziemlich unter der ganzen Geschichte, stimmt's?

Hat es dich eigentlich sehr gestört, daß ich zur Polizei gegangen bin?«

»Irgendwann wär es sowieso rausgekommen.«

»Aber daß ich es war?«

»Ist eben so. Mußte so sein. Ich frag mich nur, was am Ende aus Sylvie wird.«

»Ich auch.«

»Am meisten graut mir vor dem Prozeß. Wenn wir alle dahocken, die geilen Spanner, und zugucken, wie Sylvie verurteilt wird. Die ganze Klasse. Und du und ich mittendrin.«

»Aber du geilst dich doch nicht dran auf. Du doch am allerwenigsten.«

»Und was mach ich dann dort?«

»Du bist ein Zeuge.«

»Noch schlimmer. Zeuge, das klingt für mich genauso wie Späher und Spanner. Nur bewirk ich als Zeuge viel mehr.«

»Das ist Unsinn.«

»Ich *bin* Zeuge. Ich *werde* Zeuge.«

»So ein Quatsch.«

»Vielleicht, aber ich hab das Gefühl, wir führen Sylvie vor. Ich meine, im doppelten Sinne des Wortes. Das macht es für mich so schlimm. Alle warten nur drauf, daß Sylvie vor Gericht lauter Dinge erzählt, die keiner gewußt hat. Das ist es, was alle erleben wollen. Aber warum dürfen wir daran teilhaben? Es geht doch niemanden etwas an.«

»Also stört es dich doch, daß ich Sylvie angezeigt hab. Ohne mich würde sie nicht vor Gericht stehen.«

»Lauter Zombies«, fiel mir nur ein.

Der Pausengong tönte dazwischen.

»Komm, laß uns gehen«, sagte ich schnell.

Eigentlich hab ich den Schock über Kims Fotokampagne ziemlich verwunden. Vor allem, denke ich, wegen des Überfalls. Das war viel schlimmer als alles, was ich mir vorher so ausgemalt hatte. Wie eine angeschaut wird, die sich vor einer Kamera auszieht. Von Meister Proper und Tante Clementine. Und *so eine* war meine Freundin.

Irgendwie war ich der Sache nicht gewachsen. Wahrscheinlich war ich auch selber ein Möchtegern-Meister-Proper, schon weil mein Vater sich an eine Tussi gehängt hatte, was ich nie richtig verschmerzen konnte. Oder wegen Sylvies Eltern, die überkreuz liebten und nichts dabei fanden, mit einem andern zusammenzusein. Vermutlich wären die stolz gewesen, so eine Tochter wie Kim zu haben, die sich ungeniert vor der Öffentlichkeit präsentierte. Der Gedanke daran tat weh.

Aber am meisten hatte mich wohl schockiert, daß Kims Session so sehr meinem eigenen Nacktauftritt vor der versammelten Zombie-Gesellschaft glich. Jedenfalls fand ich das. Wie kam Kim dazu, so was schön zu finden und es aus freien Stücken zu tun?

Das Ganze änderte sich erst, als mir bewußt wurde: Meister Proper hatte kein Recht, mit seinem Glatzkopf und seinen wulstigen Armen aus der milchgrünen Plastikflasche zu springen und Kim zu vergewaltigen. Irgendwann, als mir ganz langsam klar wurde, was der Unterschied zwischen freiwilligem Sex und Nötigung war, wußte ich plötzlich, wie erniedrigend und zerstörend das war, was Kim durchgemacht hatte. Aber ich habe ziemlich viel Zeit dazu gebraucht, obwohl ich doch mit beiden Sex-Varianten selber inzwischen genügend Erfahrung hatte. Fotos machen war eben ganz klar als unmoralisch geoutet. Und also gehörte es für mich auf die verwerfliche Seite, gleich neben Nötigung.

Wieso hat eigentlich meine Mutter an dem Tag, als der angebliche kleine Teufel lädiert bei uns im Flur stand, total die Fronten gewechselt und ihren ganzen Fürsorgedienst für Kim aktiviert? Ich meine, sie dachte doch, daß ich dem Teufel nicht gewachsen bin. Daß er mich sexuell verdirbt. Und dann sagt sie kein Sterbenswörtchen, daß Kim pornografische Fotos liebt? Hat der Teufel so eine Ausstrahlung?

Wenn man bedenkt, daß meine Mutter Sylvie viel länger kannte und da nicht eingegriffen hat. Wenn man bedenkt, daß sie mir alles über Sylvies Eltern erklärt, aber nichts für Sylvie getan hat.

Die Frage hat tagelang in mir rumgestochert.

Heute hab ich endlich meine Mutter gefragt, und sie hat mir geantwortet, daß sie von Sylvies Gewaltaktionen fast überhaupt nichts wußte.

Das stimmt, stelle ich fest. Ich habe ihr nie was davon erzählt. Weder von meiner Peepshow noch von der Bombe. Sie hat nichts von dem Anschlag auf Denisa erfahren und nicht mal gewußt, daß das vorgezogene Silvesterfeuerwerk damals auf der Terrasse bei Sylvies Eltern von der Schutzpatronin aller Zündschnüre, Böller, Kracher und Bomben persönlich gelegt worden war. Heilige Göttin Sylvie. Nur die Reifenstecherei war meiner Mutter zu Ohren gekommen.

»Aber du wußtest zumindest, daß Sylvie durch ihre Eltern gefährdet war«, forschte ich mutig weiter.

»Ja, aber das ist zu ungenau als Indiz. Was würdest *du* machen, wenn du nichts davon weißt, was passiert?«

»Keine Ahnung.« Ich schaute sie an.

»Eh man sich irgendwo einmischt«, redete meine Mutter weiter, »wartet man lieber zu lange. Nämlich genau, bis das Kind in den Brunnen fällt, weil es ja sonst peinlich werden könnte, wenn das Kind bloß am Brunnen stand, um die Haare zu waschen. Verstehst du, was ich sagen will? Es ist ein Fehler, aber fast alle machen ihn. Ich auch. Meistens.«

»Und wenn du tatsächlich von Sylvies ganzen Aktionen gewußt hättest?«

»Wenn! Wenn! Ich hoffe, ich hätte dann den Mut gehabt, etwas zu unternehmen. Immerhin ist Sylvie ja mal bei uns ein und aus gegangen, fast wie eine Tochter.«

Schluck! Würg! Mister Schweigen bekennt sich vor seinem Computer schuldig.

Nachtschicht. Die letzte. Ich habe beschlossen, mit der Niederschrift meiner Ermittlungen aufzuhören. Nichts Neues mehr über Sylvie. Dem Beobachter wurde sein Zielobjekt entzogen. Sylvie taucht nicht mehr auf. Wurde auf die Seite geschafft bis zum Prozeß.

Ich denke aber die ganze Zeit daran, ob ich meinen Bericht beim Gericht einreichen soll. Der Richter könnte viel daraus ablesen. So viel, wie er sonst nirgends an Informationen erhält. Alles das, was für Sylvies Gewaltentwicklung entscheidend war. Sylvie kann sich auf meine Aufschriebe verlassen. Wenn der Richter sie liest, *muß* er einfach erkennen, daß Sylvies Handlungen anders zu werten sind, als er ohne meinen Bericht sicher glaubt.

Wenn ich die ganze Geschichte einreichen will, sollte ich aber schleunigst zu Ende kommen. Oder der Richter hat nichts davon, weil der Prozeß schon gelaufen ist. Ausdrucken muß ich auch noch.

Ich konnte nur noch nicht anfangen mit dem Ende, weil Kim bis eben bei mir war. Um es vorweg zu sagen: Wir waren ganz brav. Haben uns nur angekuschelt und dabei Musik gehört.

»Spiel mal das Stück von Mozart«, sagte Kim.

»Klingt wie: *Spiel mir das Lied vom Tod*«, antwortete ich.

»Du spinnst.«

»Find ich nicht.«

»Du siehst immer alles in Trauerfarben.«

»Liegt das an mir?«

»Siehst du? Schon wieder.«

Ich sagte nichts mehr, sondern legte die CD in den Player. Dann nahm ich die Box mit, wie ich es immer tue, wenn ich Musik höre, und setzte mich wieder zu Kim auf die Bettcouch, die Box auf dem Schoß.

Das Allegro schwang lustvoll durchs Zimmer. Daß Mozart so freudig war, obwohl er gar nichts zu lachen hatte. Irgendwie reißt er mich jedesmal mit.

Kim nahm die Box, guckte sie vorwärts und rückwärts an, zog das Booklet heraus und las über das Divertimento, während sie zuhörte. Wir redeten nichts.

Wenn uns Tom so sehen würde, dachte ich. Zwei Leute vom anderen Stern. Hilfloses Grinsen. Wahrscheinlich würde er fürchten, daß Mozart ansteckend ist, weil wir jetzt schon zu zweit dasaßen und zuhörten. Unglaubliche Vermehrung in einer Neunmonatsfrist. Heiliger Strohsack.

Kim legte ihren Kopf auf meinen Schoß und sah mich an. Ich küßte sie. Sie behielt auch danach die Augen geschlossen und horchte den fließenden Bewegungen nach. So verging eine halbe Stunde.

»Es ist wunderschön, mit dir die Musik zu hören«, sagte Kim, als das Divertimento zu Ende war. »Als ob alles von einem abstreift. Nichts hat mehr Gewicht.«

»Stimmt«, antwortete ich.

Kim ließ ihren Kopf noch eine Weile in meinem Schoß. Ich bewunderte wieder mal ihre Mandelaugen und stellte fest, daß sie doch größer waren, als ich oft dachte. Keine Chinesenschlitze. Richtig schöne Mandeln, fand ich. Ganz frisch aus der Schale.

Plötzlich warf Kim ihren Blick in Richtung Zimmer. Ich konnte geradezu sehen, wie ein Gedankenblitz sie getroffen hatte. Zack! schoß der Kopf herum.

»Weißt du, was ich heute völlig vergessen habe?« fragte sie mich.

»Nein, was denn?«

»Siehst du, du merkst es noch nicht mal. Obwohl du gesagt hast, daß ich der erste Mensch bin, der sich für deine Eidechse begeistert.«

In meinen Augen zeichneten sich wieder mal zwei große Fragezeichen ab.

Kim sah mich an und sagte: »Guck nicht so. Ich habe vergessen, Lucifer zu begrüßen. Das sind die ersten Anzeichen schlechter Gewohnheit. Alltagsversäumnisse. Daran geht jede Beziehung zugrunde.«

»Klingt ja furchtbar. Gut, daß du *mich* noch begrüßt hast.«

»Wer weiß, wie lange.«

Kim stieß ihre Faust leicht gegen meine Schulter. Dann stand sie auf und beugte sich über Lucifers Terrarium. Diesmal trug sie lange Jeans.

»Weißt du was?« sagte sie, nachdem sie wortreich auf Lucifer eingeredet und sich bei ihm entschuldigt hatte.

»Nein, ist Lucifer beleidigt?«

»Quatsch, wenn er *mich* sieht, doch nicht.«

»Ganz schön eingebildet.«

»Stimmt, war ich schon immer.«

»Und das wolltest du mir gerade sagen?«

»Nein«, antwortete Kim. »Ich finde, Lucifer braucht eine Frau.«

»Hm.«

»Ehrlich. Möchtest *du* ständig allein sein?«

»Er hat doch uns.«

»Das ist kein Ersatz. Lucifer braucht ein richtiges Eidechsenweibchen.«

»Und woher nehmen?«

»Sei nicht so faul. Müssen wir eben Ausschau halten. Rausfahren ins Grüne, irgendwohin, wo es Eidechsen gibt.«

»Das sagst du so einfach.«
»Alles ist einfach, wenn du nur willst.«

Ich höre jetzt lieber auf. Es ist schon fast zwölf. Ich bin müde. Und irgendwie bastle ich immer noch hilflos an einem gescheiten Schluß. Ich glaube, es wird nichts. Es gibt ja auch gar keinen Abschluß. Alles geht weiter. Nur, daß ich mir vorgenommen hatte, morgen nichts mehr dazuzuschreiben.

Und morgen ist jetzt.